Tucholsky Wagner Zola Scott Sydow Freud Schlegel
Turgenev Fonatne
Wallace
Twain Walther von der Vogelweide Fouqué Friedrich II. von Preußen
Weber Freiligrath Frey
Fechner Weiße Rose von Fallersleben Kant Ernst
Fichte Richthofen Frommel
Fehrs Engels Fielding Hölderlin Dumas
Faber Flaubert Eichendorff Tacitus
Feuerbach Maximilian I. von Habsburg Fock Eliasberg Zweig Ebner Eschenbach
Ewald Eliot Vergil
Goethe Elisabeth von Österreich London
Mendelssohn Balzac Shakespeare Dostojewski Ganghofer
Trackl Lichtenberg Rathenau Doyle Gjellerup
Mommsen Stevenson Hambruch
Thoma Tolstoi Lenz Hanrieder Droste-Hülshoff
Dach Verne von Arnim Hägele Hauff Humboldt
Reuter Rousseau Hagen Hauptmann
Karrillon Garschin Gautier
Damaschke Defoe Hebbel Baudelaire
Descartes Hegel Kussmaul Herder
Wolfram von Eschenbach Schopenhauer
Bronner Darwin Dickens Rilke George
Melville Grimm Jerome Bebel Proust
Campe Horváth Aristoteles
Bismarck Vigny Voltaire Federer Herodot
Gengenbach Barlach Heine
Storm Casanova Tersteegen Grillparzer Georgy
Chamberlain Lessing Langbein Gilm Gryphius
Brentano Lafontaine
Strachwitz Claudius Schiller Kralik Iffland Sokrates
Katharina II. von Rußland Bellamy Schilling
Gerstäcker Raabe Gibbon Tschechow
Löns Hesse Hoffmann Gogol Wilde Vulpius
Luther Heym Hofmannsthal Morgenstern Gleim
Roth Klee Hölty Goedicke
Luxemburg Heyse Klopstock Puschkin Homer Kleist
La Roche Horaz Mörike Musil
Machiavelli Kierkegaard Kraft Kraus
Navarra Aurel Musset
Nestroy Marie de France Lamprecht Kind Kirchhoff Hugo Moltke
Nietzsche Nansen Laotse Ipsen Liebknecht
Marx Ringelnatz
von Ossietzky Lassalle Gorki Klett Leibniz
May vom Stein Lawrence Irving
Petalozzi Knigge
Platon Pückler Michelangelo Kafka
Sachs Poe Liebermann Kock Korolenko
de Sade Praetorius Mistral Zetkin

Großjährig

Eduard Bauernfeld

Impressum

Autor: Eduard Bauernfeld
Umschlagkonzept: toepferschumann, Berlin

Verlag: tredition GmbH, Hamburg
ISBN: 978-3-8424-8843-4
Printed in Germany

Bauernfeld.

Großjährig.

Lustspiel in zwei Acten.

(Zum ersten Male dargestellt auf dem Hofburgtheater am 16. November 1846.)

Wien, 1871.
Wilhelm Braumüller
k. k. Hof- und Universitätsbuchhändler.

Personen.

Erster Act.

(Geschlossenes Theater, Zimmer mit einer Mittelthüre, zwei Seitenthüren und einer kleineren Thüre im Hintergrunde, dem Schauspieler rechts. Im Vordergrunde rechts ein Schreibtisch, links ein anderer Tisch, worauf ein Körbchen mit Seide.)

Erste Scene.

Spitz (sitzt am Schreibtische rechts, Papiere vor sich). Blase, Amalie und Auguste (sind durch die Mittelthüre eingetreten).

Blase. Küche, Keller, Speisekammer – ich habe Dich Alles in Augenschein nehmen lassen, denn Du sollst in Zukunft das ganze Hauswesen besorgen, Nichte.

Auguste. Recht, Onkel. Geben Sie mir die Schlüssel.

Blase. Die Schlüssel? Wo hab' ich sie nur –?

Spitz*(springt eilig auf, und überreicht Augusten die Schlüssel, die der Alte auf den Tisch gelegt).* Hier, mein Fräulein.

Auguste. Danke, Herr Spitz. Ich will nur gleich eine Schürze vorbinden.

Blase. So wären denn die inneren Angelegenheiten meines Hauses gut besorgt, wie ich hoffe; für das Wichtigere – das Aeußere – werden ich und Herr Spitz Sorge tragen.–Das schöne Zimmer dort mit Cabinet *(Weist nach dem Hintergrunde rechts.)* sollt Ihr bewohnen. Ich habe Euer Gepäck hineinbringen lassen. Alles ist in bester Ordnung. – Du siehst, ich habe viel für Dich gethan, Nichte – ich will noch mehr thun. Nach dem Ableben Deines Vaters gab ich Dich in die Pension –

Auguste. Ach, wie froh bin ich, daß ich sie hinter mir habe!

Amalie*(halblaut, zupft sie).* Gustchen! Nicht doch, Gustchen!

Blase. Ich habe Dich dort erziehen lassen – es war nothwendig, denn Du warst immer ein tolles, wildes Kind; jetzt aber bist Du ein sittsames, ein gebildetes Frauenzimmer, dem man es gleich im ersten Augenblick ansieht, daß von der wilden Natur nichts übrig geblieben – Gott Lob! Es ist lauter Kunst, lauter Dressur.

Auguste. Glauben Sie's nicht, Onkel! Einige wilde Natur steckt noch darunter.

Amalie*(wie oben)*. Gustchen! Aber Gustchen!

Blase. Schäme Dich, so zu sprechen.

Auguste. Je nun, ich denke so.

Blase. Denken magst Du, was du willst, Deine Gedanken gehen mich nichts an. Gedanken gehören überhaupt unter die erlaubten Waaren, insofern sie im Mutterlande erzeugt werden – nämlich in unserm Gehirn; wie sie aber gesprochen oder geschrieben die Grenze passiren, und in's Ausland – das ist: in *fremde* Köpfe – geschmuggelt werden sollen, da tritt der Zollwächter dazwischen und behandelt sie als Contrebande.

Auguste. Mädchengedanken haben das nicht zu besorgen.

Blase. Mädchen sollten eigentlich gar keine Gedanken haben.

Auguste. *Einen* doch, Onkel!

Blase. Und welchen?

Auguste. Wie sie auf die beste Art aufhören mögen, Mädchen zu sein.

Blase. Und Frauen zu werden – allerdings. Das ist vernünftig gedacht – aber man muß es nicht sagen. – Was klapperst Du denn so mit den Schlüsseln?

Auguste. Ich will mein Regiment antreten, Onkel.

Blase. Nun so geh'! Später, wenn Hermann nach Hause kommt, werd' ich Dich rufen lassen.

Auguste*(naserümpfend)*. Hermann?

Amalie*(welcher Blase zuwinkte)*. Ihr Mündel, Herr Schwager, der junge Baron?

Blase. Er wird sehr überrascht sein, Euch hier im Hause zu finden.

Auguste. Weiß er denn nicht –?

Blase. Kein Wort.

Auguste. Es ist doch *sein* Haus, denk' ich.

Blase. Sein Haus? Er ist minderjährig, und ich bin Administrator. Wenn Reformen in seinem Hause – nämlich in *meinem* Hause – nothwendig werden, braucht mich Niemand daran zu mahnen, denn ich lasse mir nichts einreden – aber plötzlich sind sie da – blos durch meinen Willen aus dem Nichts hervorgerufen.

Auguste *(beobachtend).* Unser Erscheinen hier ist also eine Art Staatsstreich?

Blase. Gewissermaßen. Mein Mündel bedarf, zur Vollendung seiner Bildung, weiblichen Umganges – das war mit ein Grund, daß ich Dich kommen ließ. Deine Mutter weiß es. *(Winkt Amalien.)*

Amalie. Freilich, liebes Kind. Der Baron soll überdies ein äußerst artiger junger Mann sein. Nicht wahr, Herr Schwager?

Blase. Er ist wie die gute Stunde. Du kennst ihn ja, Nichte. Du sprachst noch mit ihm, bevor Du in die Pension kamst.

Auguste. Ich habe den jungen Herr seit Jahr und Tag nicht gesehen – ist er noch immer so trocken und hölzern?

Blase. Trocken und hölzern! Hermann ist ein hoffnungsvoller junger Mensch.

Auguste. Ein Beamter.

Blase. Allerdings. Ein ausgezeichneter.

Auguste. Ein Actenwurm –

Blase. Actenwurm! Was versteht Ihr davon? – Geh' jetzt. Ich habe mit Herrn Spitz zu arbeiten.

Auguste. Mama, bringen Sie inzwischen die Zimmer, das Gepäck in Ordnung.

Amalie. Ja, liebes Kind. Aber wie soll ich es denn –?

Auguste. Daß die Mama doch gar nicht praktisch ist! – Das große, erträglich hübsche Zimmer gehört Ihnen, ich schlafe in dem dunkeln Kämmerchen mit den zerbrochenen Fensterscheiben, welches der Onkel ein Cabinet zu nennen beliebt. Unsere Kleider werden in den abscheulichen grünen Wandschrank einquartiert, die Wäsche in den schmalen Kasten mit den drei Füßen, unsere Gelder und Prätiosen können Sie offen liegen lassen.

Amalie. Das liebe Kind! Sie ist immer guten Humors.

Blase. Und immer naseweis.

Amalie. Vergeben Sie ihr, Herr Schwager! Sie meint's nicht übel –

Blase. Na, geht nur, geht!

Auguste. Ja, gehen Sie, Mama, und richten Sie unsern königlichen Palast ein. *(Ab durch die Mitte.)*

Amalie. Das gute Kind! Aber sie soll nicht in der dunkeln Kammer schlafen. *(Will fort.)*

Blase*(ihr nachrufend)*. Frau Schwägerin! Ein Wort! *(Halblaut.)* Sie kennen meine Absichten – Sie sind damit einverstanden – bereiten Sie Ihre Tochter vor.

Amalie. Vorbereiten? Das will ich. Aber das sag' ich Ihnen gleich im Vorhinein, Herr Schwager: meine Tochter hat ihren freien Willen – durchaus ihren freien Willen. *(Ab, im Hintergrunde rechts.)*

Zweite Scene.

Blase. Spitz (welcher aufsteht, und die Papiere ordnet).

Blase. Freier Wille! Dummes Zeug! – Nun, was meinen Sie, Herr Spitz? Das Mädchen ist hübsch und klug. Sie wird in unsere Pläne passen – wie?

Spitz. Ich trau' ihr nicht ganz – sie ist schlau.

Blase. Aber arm. Sie wird – sie muß sich fügen. – Gibt's zu unterschreiben?

Spitz. Wenn's gefällig wäre – *(Legt ihm die Papiere, eines nach dem andern vor.)* Da sind für's Erste die Rechnungen vom letzten Quartal.

Blase*(der sich gesetzt hat)*. Gleich, gleich! *(Versucht die Feder, schreibt.)* Ich schreibe so gerne meinen Namen, Herr Spitz.

Spitz. Sie haben auch eine hübsche runde Schrift, Herr Blase.

Blase. Die Schrift, sagt man, ist der Mensch. *(Schreibt.)* Blase. Blase. – Sie wissen, ich will den guten jungen Menschen für großjährig erklären lassen.

Spitz. Sehr vernünftig, da uns die Obervormundschaft bisweilen am Administriren hindert.

Blase. Das ist's eben! Aber nur Geduld! Bald haben wir völlig freie Hand. *(Schreibt.)* Blase. – Wenn Hermann obendrein durch Familienbande an mich geknüpft sein wird ... Was ist denn das hier?

Spitz Ein Antrag auf neue Bauten.

Blase. Bauten? Ei, ei! Das kostet Geld.

Spitz. Das herrschaftliche Rentamt braucht einen neuen Flügel; das Schulhaus braucht ein Dach.

Blase. Ein Dach? Wozu?

Spitz. Es droht einzustürzen, Herr Blase.

Blase. Hm! Das wollen wir erst abwarten.

Spitz. Abwarten?

Blase. Wir brauchen's dann nicht abzutragen. Abwarten – sehen Sie, Herr Spitz – abwarten – das ist das Hauptgeheimniß einer guten Administration. Wenn man wartet, kommt Alles von selbst. Legen Sie den Antrag nur einstweilen bei Seite. – Unter andern, Herr Spitz! Sind die zweitausend Klafter Holz geschlagen worden?

Spitz. Noch nicht, Herr Blase.

Blase. Und warum nicht? Gab ich nicht den Befehl?

Spitz. Ja; allein der Waldmeister erklärte sich dagegen; er sagte, es sei gegen die Forstcultur.

Blase. Der Waldmeister ist ein grober Mensch. *(Steht auf.)* Forstcultur! Versteh' ich die nicht auch? Wozu bin ich Administrator? – Setzen Sie sich, Herr Spitz. Schreiben Sie. *(Geht auf und ab.)* Die zweitausend Klafter Holz werden geschlagen, und noch fünfhundert dazu, just weil's der Grobian von Waldmeister nicht will. *(Stellt sich zum Schreibtisch.)* Zweitausend fünfhundert – haben Sie's? *(unterschreibt.)* Blase. So. Jetzt schnell damit auf die Post.

Spitz *(macht das Paket, siegelt u. s. w.).* Sehr wohl, Herr Blase.

Blase. Später holen Sie Hermann aus dem Bureau. Der gute junge Mensch! Er ist kein administrativer Kopf; er weiß gar nicht, wie wir uns für ihn plagen. *(Stellt sich zu Spitz, die Hand vertraulich auf den Tisch gestemmt.)* Was meinen Sie, Herr Spitz? Wenn ich einmal meine Hand hier abzöge –

Spitz *(beschäftigt).* Dann müßte Alles in Trümmer fallen.

Blase *(naiv, sich wieder aufrichtend).* Das hab' ich mir auch immer gedacht. Ich bin hier nothwendig – ja, ich fühl' es, daß ich eine Nothwendigkeit bin. Ohne mich würde sich Niemand zu helfen wissen. Da hab' ich jetzt nur allein meinen Namen wohl an die zwanzig Mal schreiben müssen. So heißt's denn in's Himmels Namen sich aufopfern, rastlos arbeiten. Der gute Hermann ist durchaus nicht im Stande, seine Güter selbst zu verwalten; er ist nicht reif dazu – wird niemals reif werden. Der gute liebe, harmlose, junge Mensch!

Spitz *(der seine Geschäfte beendet hat).* Harmlos? Darf ich mir ein Wort erlauben, Herr Blase? Der junge Mann fängt nachgerade an, sich zu fühlen. Er äußert bisweilen Ideen –

Blase *(erschrocken).* Was sagen Sie? Ideen?

Spitz. Sozusagen: freie Ideen.

Blase. Freie Ideen! In meinem Hause! Wie kommen die herein? Wo nimmt er die her?

Spitz. Aus der Luft. Dort schwimmen sie heut zu Tage.

Blase. Dort mögen sie auch bleiben.

Spitz. Unter seinen Papieren fand ich sogar einige Verse liberalen Inhalts.

Blase. Liberale Verse? Das mag hingehen – die sind aus der Mode und deßhalb unschädlich. Wenn's nur sein Präsident nicht erfährt, der den Liberalismus nicht ausstehen kann, weder in Versen, noch in Prosa. Aber freie Ideen zu haben – freie Ideen zu *äußern* – gut, daß Sie mir das sagen, Herr Spitz. Dagegen heißt es rasch auftreten. Gehen Sie für's Erste den jungen Herrn abholen.

Spitz. Wie Sie befehlen, Herr Blase. *(Ab.)*

Dritte Scene.

Blase (allein), dann Schmerl.

Blase*(allein)* Freie Ideen! *(Geht auf und ab.)* Da hilft nur Ein Mittel: er muß augenblicklich heiraten.

Schmerl*(auftretend)*. Papa Blase, guten Tag!

Blase. Ihr Diener, Herr Schmerl.

Schmerl. Nun, wie geht's? Sehen ein Bischen verdrießlich aus – was? Ein Bischen – Dings da – malcontent?

Blase. Familiensorgen, bester Schmerl, Administrationsgeschäfte – die machen Ihnen freilich wenig zu schaffen.

Schmerl. Gott Lob, nein. Ich hab' kein Geschäft – was man so nennt – will auch kein's haben. Ich weiß gar nicht, wo Einer die Zeit hernimmt, Geschäfte zu haben. Dem Himmel sei Dank! Ich bin ein freier Mensch.

Blase. Das heißt: Sie thun nichts.

Schmerl. Thun? Wer thut denn etwas? Wenn Ihr im Bureau sitzt, oder auf die Börse rennt, oder Eueren Namen ein paar Dutzend mal unterschreibt, das nennt Ihr Geschäfte, das nennt Ihr arbeiten, das nennt Ihr etwas thun. Ich thu' nichts, aber ich wirke – ich wirke im Großen, im Ganzen. Ich nehme Theil an den großen, allgemeinen Angelegenheiten: ich lese die allgemeine Zeitung, lese alle Zeitungen, ich urtheile, ich räsonnire darüber; ich bin für den Fortschritt, für die Reform, ich nehme Partei, ich mache – Dings da – Opposition. Und nur Opposition, nur Opposition! Das erhält frisch und munter. Der Geschäftsmann ist immer ein Sauertopf; er *lebt* nicht – und das Leben ist ja schön, wie der Dings da sagt – der – na, wie heißt er nur? Der junge spanische Student –

Blase. Marquis Posa.

Schmerl. Marquis Posa, richtig, Marquis Posa. Kommt im Dings da vor – im – im –

Blase. Im Don Carlos von Schiller.

Schmerl. Im Don Carlos von Schiller, richtig! – Sonderbar, daß ich keinen eigenen Namen behalten kann. Neulich sprachen wir von Musik. Ich wollte den Compositeur nennen, den – wissen Sie, den berühmten Compositeur – über den so viel gestritten wird –

Blase. Beethoven?

Schmerl. Nicht doch! 's ist ein moderner.

Blase. Mendelssohn?

Schmerl. Nein, nein, nein, kein Deutscher – ein Franzose. Der die neue Musik erfunden hat, die so viel Lärm macht.

Blase. Lärm? Berlioz.

Schmerl. Berlioz, richtig! Sagen Sie mir, lieber Freund – *(Hält inne.)* Sagen Sie mir – *(Hält wieder inne.)*

Blase. Nun, was haben Sie denn?

Schmerl. Nehmen Sie mir's nur nicht übel, aber nun hab' ich auch Ihren Namen vergessen – wie heißen Sie denn?

Blase*(ärgerlich)*. Blase.

Schmerl*(schlägt sich vor die Stirn)*. Blase. Verwünschtes Gedächtniß! – Sagen Sie mir – was wollt' ich denn nur fragen?

Blase. Geben Sie sich keine Mühe. Ich will Ihnen dafür etwas sagen. Mein Haus hat einen Zuwachs bekommen.

Schmerl. Einen Zuwachs?

Blase. Ich habe meine Nichte in's Haus genommen, sammt meiner Schwägerin.

Schmerl. Nichte? Schwägerin?

Blase. Die Hinterbliebenen meines Bruders.

Schmerl. Sie sprachen sonst nicht gerne von ihm.

Blase. Wir kamen frühzeitig auseinander. Er heiratete vor Jahren ein armes Mädchen, das er auf seinen Reisen kennen lernte – ich glaube, in Berlin.

Schmerl*(rasch)*. In Berlin? Das erinnert mich – na, erzählen Sie nur weiter.

Blase. Er kaufte sich auf dem Lande an – hier in der Nähe – begrub sich in die Einsamkeit mit dem guten Ding von Frau, das er mit seinen Launen quälte, denn er war ein eben so großer Haustirann als schlechter Wirth; kurz er verarmte ganz und gar, und die Verwandten blieben mir auf dem Halse. So nahm ich sie zu mir.

Schmerl. Bravissimo! Nun wird Leben in's Haus kommen. Hier geht Alles im gewöhnlichen Geleise, aber wo Frauenzimmer sind, da ist Widerspruch, da ist Opposition – und nur Opposition, nur Opposition! – Ist die Nichte hübsch?

Blase. Nicht eben schön – aber anmuthig.

Schmerl. So hab' ich's gerne. Munterer Natur?

Blase. Fast *zu* munter.

Schmerl. Vortrefflich! Wie alt?

Blase. Kaum neunzehn.

Schmerl. Kaum neunzehn? Ist fast zwanzig. Gerade recht.

Blase. Gerade recht?

Schmerl. Allerdings. Denn nun fällt mir ein, was ich Ihnen vorhin mittheilen wollte: ich habe beschlossen zu heiraten.

Blase. Sie?

Schmerl. Ja, ja, Papa Blase. Es geht mir schon lange im Kopfe herum. Einmal war ich auch nahe daran – doch das ist vorüber, längst vorüber. Ueber gewissen Dingen muß man das Gras wachsen lassen – verstanden? – Jetzt aber ist's hohe Zeit. Ein alternder Junggeselle – das taugt nicht. Wenn man zu tanzen aufhört, muß man heiraten. Das will ich thun. Und zwar – wissen Sie wen? Ihre Nichte.

Blase. Meine Nichte?

Schmerl. Wenn sie mir gefällt. Aber sie ist arm, hübsch, munter – gerade was ich suche.

Blase. Meine Nichte? Plagt Sie der Teufel?

Schmerl. Der Liebesteufel! Der Dings da – der Asmodeus.

Blase. Sie sind nicht klug! In Ihrem Alter!

Schmerl. Warum? Ich bin ein junger Mann – einige fünfundvierzig – in den besten Jahren.

Blase. Es gibt bessere.

Schmerl. Das ist wahr, aber die sind für's Heiraten fast zu gut.

Blase. Eine Braut von neunzehn würde das schwerlich finden.

Schmerl. Warum nicht? Neunzehn in fünfundvierzig geht zwei Mal –

Blase. Bleibt ein Bruch.

Schmerl. Es scheint, Sie wollen mich nicht zum Neffen haben?

Blase. Nun und nimmer.

Schmerl. Jetzt geschieht's – auch wenn mir Ihre Nichte nicht gefällt – aus Opposition.

Blase. Herr, nehmen Sie Vernunft an –

Schmerl. Nichts da! Opposition, nur Opposition!

Vierte Scene.

Vorige. Auguste.

Auguste. Herr Onkel, ich bin fertig.

Schmerl. Aha! Meine Braut. *(Lorgnirt.)*

Blase*(vorstellend)*. Herr Schmerl – ein alter Hausfreund. Meine Nichte Auguste.

Schmerl. Sehr erfreut, mein Fräulein – *(Zu Blase.)* Hübsch – recht hübsch – es bleibt dabei. Und häuslich ist sie auch –

Auguste. Meinen Sie mich, mein Herr?

Schmerl. Allerdings, mein Fräulein. Die Schürze – der Schlüsselbund – die Dinger da – die Attribute der Häuslichkeit –

Blase*(der zwischen Beide tritt)*. Vielleicht sind's eben nur Attribute; oder verstehst Du wirklich etwas von der Hauswirthschaft, Nichte?

Auguste. Das will ich meinen! Wofür war ich denn in einer Hausfrauen-Bildungsanstalt? Dort lernt man alles Mögliche: Geographie, Gurken einlegen; Astronomie, Wein abziehen; vaterländische Geschichte, Komödie spielen; Aesthetik, Hühner abstechen – o Herr

Onkel, ich bin abgerichtet wie ein Vogel im Kunstkabinet: ich kann Alles, Alles.

Schmerl. Sie kann Alles! Charmant, charmant!

Auguste. 's ist aber doch nichts mit dem Institut. Ein Mädchen-Institut – br! Wissen Sie, was das heißt, meine Herren? Da gibt's alle Jahre einen Ball, wo wir unter einander tanzen müssen – unter einander – ohne Mann. Ein Ball ohne Mann – das ist gar kein Ball. Und dann die täglichen Promenaden in corpore, mit trippelnden Schritten und niedergeschlagenen Augen – man sieht aber doch so zwischen durch, und wird gesehen. Da wird der Neid der Gespielinnen rege; das zischelt, das drängt sich vor – das will Einem den Rang ablaufen – es setzt spitze Worte, giftige Blicke, bisweilen auch kleine Püffe. »Observez les dehors, mesdemoiselles!« ruft die magere, näselnde Madame. Alle fahren zusammen, wie die Schafe vor dem Dampfwagen, aber ich weiß doch, was ich weiß! Der artige junge Herr, ganz schwarz, nichts als Bart – wissen Sie, Onkel, so was von der jeune France – er ist unser'm Zuge gefolgt – er faßt mich auf's Korn – er lorgnirt – er grüßt ehrerbietig – er ist schon mein. Beim nächsten Spaziergang bewegt sich dieser Trabant in der schönsten Ellipse um seinen, ihn beherrschenden Planeten – um mich. Sehen Sie, Herr Schmerl, so studiren wir die Astronomie.

Schmerl. Sehr gut, sehr gut! *(Zu Blase.)* So studiren sie die Astronomie!

Blase. Laß Deine Possen, Nichte! – Lachen Sie nicht, Herr Schmerl! – Nimm Dich zusammen, sag' ich. In meinem Hause herrscht ein solider Ton.

Auguste*(wie oben).* »Observez les dehors!«

Schmerl. Sehr gut, sehr gut! – Ohne Sorge, schöne, schöne – Amalie –

Auguste. Auguste.

Schmerl. Auguste! *(Rasch wiederholend, wie um sich den Namen zu merken.)* Auguste, Auguste, Auguste! – Wenn Sie lachen wollen, wenden Sie sich nur an mich. *(Zu Blase.)* Sie ist ein Engel, eine Göttin – *(Zu Auguste.)* Mein Fräulein, Sie sind eine wahre – Dings da – eine – eine –

Auguste. Grazie.

Schmerl. Grazie! Richtig.

Blase. Grazie! Pah! Sie ist meine gehorsame Nichte, und weiter nichts.

Schmerl. Nur Geduld! Wir wollen sie zu ganz etwas Anderem machen.

Blase. Ja, das wollen wir – aber ohne Ihre Beihilfe. *(Sieht nach der Uhr.)* Wo Hermann nur so lange bleibt? Du wirst sehen, Nichte: er ist ein sehr hübscher junger Mann geworden.

Auguste. Hübsch! Ist er nicht blond?

Blase. Blond! Allerdings –

Auguste. So? Ich kann die Blonden nicht ausstehen, Herr Schmerl.

Schmerl*(richtet an seinen Haaren).* Hören Sie's, Papa Blase? Sie kann die Blonden nicht ausstehen.

Blase. Die Grauen vermuthlich auch nicht.

Schmerl*(sucht den Spiegel).* Die Grauen!

Blase*(zu Auguste).* Hermann hat sich überhaupt zum Manne ausgewachsen.

Auguste. Wirklich? Damals kam er mir wie ein Riesenkind vor – wie eine Art großes Wickelkind –

Schmerl. Riesenkind! Wickelkind! Sehr gut! Sehr gut!

Blase. Still doch, Herr Schmerl! *(Zu Auguste.)* Keine Possen, sag' ich.

Schmerl*(zu Auguste).* Kehren Sie sich nicht an den alten Onkel! Wir jüngeren Leute halten zusammen; wir machen Dings da – Opposition.

Auguste. Wenn man mich am Lachen hindern will – von Herzen gern.

Schmerl. Also eingeschlagen!

Auguste. Zu Schutz und Trutz!

Schmerl. Es lebe die Opposition!

Blase. Mit Ihrer Opposition! Gegen was wollen Sie denn opponiren?

Schmerl. Ich? gegen Alles.

Blase. Freilich! Sie sind der Mann dazu! Sie, der Sie nichts thun.

Schmerl. Das ist gar nicht nöthig. Die Opposition hat nichts zu thun, als zu opponiren.

Blase. Siehst Du, mein Kind, das sind die modernen Bestrebungen, die destructiven Tendenzen. Zum Glück gibt es noch Leute, die fest am Bestehenden halten, wie Dein Onkel Blase.

Schmerl. Nichts da! Ich bin für den Fortschritt – hab' ich nicht Recht, schöne Anna – schöne Auguste? Hab' ich nicht Recht, schönes Gustchen? Fortschritt, nur immer Fortschritt! Wir leben in einer höchst bewegten Zeit – Alles geht vorwärts – Einer stößt den Andern –

Blase. Und Einer purzelt über den Andern – besonders auf der Börse.

Schmerl. Dann die viele Humanität, die Industrie, der Zollverein, die emanzipirten Juden, die gebesserten Sträflinge – das sind jetzt die bravsten Leute. In meinem Hause lass' ich mich von lauter vormaligen Spitzbuben bedienen. Mein Barbier ist ein Todtschläger, mein Bedienter ein Dieb, meine Köchin ist eine Giftmischerin.

Blase. Die meinige auch.

Schmerl. Kurz, die Menschheit nähert sich dem Ideal. Wann erst die Landenge von Suez durchstochen sein wird, wenn der Kölner Dombau fertig ist, wenn die deutsche Flagge auf allen Meeren weht, und die deutsche – Dings da – die deutsche Zukunft – o meine deutsche Zukunft laß ich mir nicht nehmen – denn der Deutsche *hat* eine Zukunft.

Auguste. Etwas muß er doch haben.

Schmerl. Nur etwas? Er muß Alles haben, Alles! Darum Opposition, nur Opposition!

Fünfte Scene.

Vorige. Amalie.

Amalie. Liebes Kind – Alles in der Ordnung.

Auguste. Die Mama!

Schmerl*(lorgnirt)*. Die Mama? Scheint auch nicht übel.

Blase*(zu Schmerl, vorstellend)*. Meine Schwägerin, Amalie –

Schmerl. Amalie?

Blase. Amalie Blase, geborne Walter.

Schmerl. Amalie Bla –? Amalie Wa –? Aus Berlin?

Blase. Allerdings.

Schmerl. Sie ist es!

Blase*(zu Amalien, vorstellend)*. Herr Schmerl –

Amalie*(wie erschrocken)*. Herr Schmerl! *(Wendet sich rasch zu Auguste.)* Liebes Kind –

Auguste. Mama?

Amalie. Er ist es –

Auguste. Wer denn?

Amalie. Stelle Dir vor – *(spricht leise mit ihr)*.

Schmerl*(lorgnirend, für sich)*. Ja, sie ist es. Ganz wie damals! Nur etwas mehr embonpoint.

Amalie*(zu Auguste, leise)*. Was sagst Du dazu?

Auguste*(eben so)*. Nur praktisch, Mama! Fassen Sie sich –

Blase*(zu Auguste)*. Kennt er sie denn? Kennt sie ihn denn?

Auguste*(im Vorübergehen, leise zu ihm)*. Herr Schmerl hat der Mama vor zwanzig Jahren den Hof gemacht und einen Korb bekommen.

Blase. So, so! – *(Zu Schmerl.)* Ihr kennt Euch also?

Schmerl. Ich hatte die Ehre – in Dings da – in Berlin –

Amalie. Es ist schon lange her –

Schmerl. Sie haben sich inzwischen verheirathet?

Auguste*(auf sich weisend)*. Wie Sie sehen, mein Herr. *(Leise zu Amalie.)* Nur praktisch, Mama! Sagen Sie ihm was Pikantes.

Amalie*(eben so)*. Ich kann's nicht.

Auguste. Das macht, Sie waren in keinem Institut. *(Laut.)* Nun, Herr Schmerl! Sie sind ja ganz verstummt.

Blase. Sie opponiren nicht mehr?

Schmerl*(zieht Blase bei Seite)*. Man hat vor Zeiten gegen mich opponirt – verstanden? Aber ich räche mich – ich opponire wieder – ich freie um die Tochter.

Blase. Nicht doch! Neunzehn in fünfundvierzig geht zweimal. Bleiben Sie bei der Mutter.

Schmerl. Meinen Sie?

Blase. Folgen Sie meinem Rath. Man wird Sie jetzt mit offenen Armen aufnehmen.

Schmerl. Nach zwanzig Jahren! Das wäre freilich ein Triumph der Opposition. *(Lorgnirt.)* Sehen Sie nur, sie flüstert dem Töchterlein in's Ohr – sie scheint verlegen –

Blase. Das ist ein gutes Zeichen.

Schmerl. Ich will sie ansprechen. *(Nähert sich Amalien, jugendlich galant.)* Madame – Madame Dings da – Madame Bla – Madame Wa – Madame Walter – Madame Blase-Walter – *(Zu Blase.)* Sie ist wirklich noch hübsch! *(Laut.)* Sehr erfreut, Madame – sehr erfreut. Erlauben Sie mir, unsere zerrissene Bekanntschaft wieder anzuknüpfen?

Amalie. Warum nicht, Herr Schmerl? Wenn Sie den Faden zu finden wissen.

Auguste*(leise zu ihr)*. So ist's recht, Mama! Nur praktisch!

Schmerl. Es schmeichelt mir, Madame Blase-Walter, daß Sie mich sogleich wieder erkannten.

Amalie. Sie sind wenig verändert, Herr Schmerl. Sie haben sich recht jugendlich erhalten.

Schmerl. Finden Sie das? Aber ich geb' es Ihnen zurück: Sie sehen wie – wie Dings da – aus, wie die Schwester Ihrer Tochter.

Auguste. Nicht neu – aber gut.

Schmerl. Ihre Hand, Madame! Wollen wir Freunde werden?

Amalie. Ich denke, das ist das beste. *(Reicht ihm die Hand.)* Die Zeit der Thorheiten ist ja bei uns Beiden vorüber.

Schmerl*(küßt ihr die Hand)*. Bei mir nicht, Madame Blase-Walter – bei mir nicht. – Aber sagen Sie mir aufrichtig: seh' ich wirklich noch jung aus?

Auguste. Es geht mit.

Amalie. Zum Verwundern.

Schmerl. Das freut mich, das freut mich! Sehen Sie, das kommt von meinem Umgang mit jungen Leuten. Das erfrischt, das erhält. Ein Club von lauter geistreichen Leuten – verstehen Sie? Wir haben einen Dichter unter uns – das ist ein Mann! Neueste Schule – frei und grob! Kein aristokratischer Poet.– kein Dings da etwa – kein Goethe. Nur keine Goethe's mehr! Die können wir nicht brauchen. Nur kein sogenanntes Talent! Courage muß man jetzt haben – Courage, und Dings da – Gesinnung. Jetzt macht man Alles mit der Gesinnung.

Auguste. Leider auch Musik.

Schmerl. Das versteht sich! Die neuen deutschen Opern sind voll Gesinnung.

Auguste. Und ohne Melodie.

Schmerl. Das ist eben die Gesinnung. *(Sieht nach der Uhr.)* Die Damen verzeihen – mein Club erwartet mich. Wir haben heute Sitzung.

Auguste. Sitzung?

Schmerl. Außerordentliche – nur der Ausschuß. Es ist eigentlich ein Frühstück mit Champagner und Austern –

Auguste. Und Gesinnung?

Schmerl. Das versteht sich! Im Vertrauen: dem liberalen jungen Poeten wird ein Festmahl gegeben – dabei soll gesprochen werden –

gesprochen! Denn nur immerfort gesprochen und gesprochen! Darauf kommt's an – das ist jetzt die Hauptsache. Nur Reden gehalten, Zusammenkünfte, Fest-Essen, Zweck-Essen, Dinger da – meetings – man glaubt nicht, was das nützt, was das die Zustände verbessert! – Madame Blase-Walter, mich schönstens zu empfehlen.

Amalie. Adieu, lieber Herr Schmerl.

Schmerl. Ganz gehorsamster – – *(Zu Blase.)* Sie ist charmant – sehr charmant – verstanden? *(Zu Augusten.)* Fräulein Gustchen, es bleibt dabei: wir machen Opposition. – Adieu, Papa Blase! Nun geh' ich wirken – als Ausschuß – als Mitglied des Comité's. Der Marquis – Dings da – hat recht, das Leben ist äußerst agreabel. Empfehle mich allerseits. *(Stößt im Abgehen auf den eben eintretenden Hermann.)* Pardon, junger Herr Riesenkind! *(Ab.)*

Sechste Scene.

Blase. Auguste. Amalie. Hermann (im Makintosh, einen Shawl um den Hals, ist aufgetreten). Spitz (Acten tragend, folgt ihm.)

Blase. Da kommt unser Hermann!

Hermann. Herr Vormund – *(stutzt, da er die Frauen erblickt.)*

Blase. Meine Nichte Auguste, die Sie bereits kennen. Meine Schwägerin. Die beiden Damen werden von heute an unser Hauswesen führen.

Hermann*(für sich)*. Sie im Haus?

Blase. Ich hoffe, Kinder, Ihr werdet Euch gut mit einander vertragen.

Auguste. Gewiß, Onkel! Der junge Herr ist so friedlicher Natur, so lammfromm –

Hermann*(für sich)*. Sie fängt zu sticheln an – wie damals.

Blase. Viel Arbeit im Bureau, lieber Hermann?

Hermann. Außerordentlich.

Spitz*(der die Acten auf den Tisch gelegt, und von welchem sich Hermann Rock und Shawl abnehmen läßt)*. Unser lieber Zögling hat sogar die Acten nach Hause nehmen müssen. *(Wiegt die Acten.)* Sehen Sie nur, Herr Blase. Ein hübscher Pack. Und dem jungen Herr laden sie Alles auf.

Blase. Daß er sich nur nicht zu schnell abkühlt, Herr Spitz.

Spitz. Knöpfen Sie den Rock zu, junger Herr. *(Geht mit dem Ueberrock in das Seitenzimmer links.)*

Hermann. Es ist warm draußen. Ich weiß eigentlich gar nicht, weßhalb ich den Ueberrock anziehen mußte.

Blase. Das war nöthig, mein Sohn. Ihre schwächliche Gesundheit –

Auguste*(halblaut zu Amalien)*. Hören Sie's, Mama? Schwächliche Gesundheit! Ein Bursche wie ein Bär.

Hermann*(für sich)*. Sie lacht mich wieder aus –

Amalie*(heimlich)*. Ich habe Dir eine Menge mitzutheilen, Auguste.

Auguste. Auch ich, Mama. Kommen Sie!

Blase. Bleib' doch, Nichte. – Da steht Dein Arbeitszeug.

Auguste. Ich komme gleich wieder. Wir wollen das Zimmer erst völlig herrichten. Empfehle mich, junger Herr.

Amalie*(im Abgehen)*. Was sagst Du? Den Schmerl hier zu finden –

Auguste. Was schadet's? Wir wollen ihm den Meister zeigen! Aber praktisch, Mama, nur praktisch! *(Beide ab in ihr Zimmer.)*

Siebente Scene.

Blase. Hermann (der sich mit den Acten zu schaffen macht).

Blase*(für sich)*. Herr Spitz hat Recht; das Mädchen ist schlau. Sie wittert meine Absichten – sie weicht mir aus. Und der alberne Schmerl dazu – da gilt es rasch handeln. – Hermann!

Hermann. Herr Vormund!

Blase. Kommen Sie zu mir – ich hab' ein Wort mit Ihnen zu sprechen. *(Setzt sich.)* Sie wissen, lieber Hermann, daß ich Sie immer sanft und freundlich behandelt habe, nicht wahr?

Hermann. Ja, Herr Vormund.

Blase. Ihr Vater war ein strenger Mann – eisern strenge. Sie durften in seiner Gegenwart nicht mucksen, durften keinen eigenen Willen haben.

Hermann. Leider ist es so! Ich hatte eine recht traurige Jugend.

Blase. Das machte Sie wortkarg, verschlossen.

Hermann. Vielleicht für's ganze Leben.

Blase. Wer weiß, wozu das gut war! Was mich betrifft, so hab' ich zwar ein anderes Erziehungssystem mit Ihnen befolgt; ich bin milde und lasse Sie gewähren; ich gebe Ihnen sogar eine gewisse Freiheit – stehen Sie hübsch gerade, Hermann – so! – Sie sind ein hoffnungsvoller junger Mensch, können es weit bringen. Se. Excellenz der Herr Präsident haben mir versprochen, Sie bei erster Gelegenheit zu befördern. Sie sind also kein Kind mehr, Hermann – wie halten Sie die Hände? – Kein Kind mehr, so wenig wie meine Nichte, die Auguste. *(Steht auf.)* Sie sind dem Mädchen gut, nicht wahr?

Hermann. Gut?

Blase. Sprechen Sie offen.

Hermann. Wissen Sie denn nicht, Herr Vormund –?

Blase. Was denn?

Hermann. Daß sie mich hinter Ihrem Rücken immer auslacht?

Blase. Je nun, sie ist lustig, sie lacht gerne –

Hermann. Aber sie zieht mir Gesichter!

Blase. Das bilden Sie sich ein. Auguste ist ein kluges verständiges Mädchen – Sie müssen sie nur näher kennen lernen. Es ist mein Wunsch, daß Sie sich mit ihr vertragen – verstehen Sie? Sprechen Sie daher mit meiner Nichte; seien Sie freundlich mit ihr.

Hermann. Aber wenn sie mir Gesichter –

Blase. Was Gesichter! Sie hat nur Ein Gesicht, und das ist hübsch. Suchen Sie sie allein zu sprechen; lenken Sie das Wort auf ihre Eigenschaften, auf ihre Vorzüge. Was werden Sie zum Beispiel für Vorzüge erwähnen?

Hermann. Vorzüge? Ich weiß keine.

Blase. Keine Vorzüge? Haben Sie Augen?

Hermann. Augen? Ich – glaube –

Blase. Er *glaubt*, daß er Augen hat! Sie *haben* Augen – sollen Augen haben.

Hermann. Sehr wohl.

Blase. Und zwar für meine Nichte. Sie sollen sie damit ansehen.

Hermann. Wenn's nicht anders ist –

Blase. Sie sollen ihr damit sagen, daß sie hübsch ist.

Hermann. Mit den Augen?

Blase. Mit dem Munde auch.

Hermann. Wie Sie befehlen – aber das wird mir sauer ankommen.

Blase. Sauer? Einem hübschen Mädchen ein artiges Wort zu sagen? Sie sind doch bereits in dem Alter – ist Ihnen denn das Frauengeschlecht gleichgiltig?

Hermann. Gänzlich.

Blase*(für sich)*. Er ist gar zu unschuldig. *(Zu Hermann.)* Das muß anders werden, lieber Hermann; Sie müssen sich nach und nach an weiblichen Umgang gewöhnen. – Ueberhaupt – Ihre Lehrjahre sind beiläufig vorüber, Sie müssen jetzt in's Leben treten, in die Welt. Sie waren ein fleißiger Student, sind ein geschickter Beamter; allein Sie lebten bisher nur in Ihren Büchern und Acten –

Hermann*(wie für sich)*. Die verwünschten Acten! Wenn ich sie nur los wäre!

Blase. Wie? Was sagen Sie da?

Hermann*(erschrickt)*. Verzeihen Sie, Herr Vormund –

Blase*(für sich)*. Aha! Das sind die freien Ideen! *(Laut, feierlich.)* Junger Mann, ich höre, Sie machen Verse.

Hermann. Bisweilen – zur Erholung.

Blase. Sie ließen das besser bleiben. Verse sind keine Erholung. Die Poesie strengt den Geist an, und macht untauglich zu Geschäften. Alle vernünftigen Menschen erholen sich in Prosa. Wenn Sie sich in Zukunft erheitern wollen, so suchen Sie die Gesellschaft meiner Nichte auf. Haben Sie mich verstanden?

Hermann. Ja, Herr Vormund. *(Wie mit sich kämpfend.)* Ich – *(Hält inne.)*

Blase. Nun? Haben Sie etwas zu erwidern?

Hermann. Nein, Herr Vormund. *(Für sich.)* Ich möchte sprechen – nur Geduld! Ich *werde* sprechen.

Achte Scene.

Vorige. Auguste.

Auguste*(zurücksprechend)*. Ich komme gleich, Mama. Ich hole nur mein Arbeitszeug.

Blase. Bleib' hier, Nichte. Ich sagte Dir schon, daß Du in diesem Zimmer arbeiten kannst.

Auguste. So will ich die Mama –

Blase. Ist nicht nöthig. Bleib' nur. Hermann wird Dir Gesellschaft leisten. – Weißt Du was Neues, Auguste? Ich werde Dich vermuthlich adoptiren.

Auguste. Sind Sie krank, Onkel? Diese plötzliche Großmuth –

Blase. Was Großmuth! Ich habe keine Kinder, und Du führst meinen Namen – den Namen meines vortrefflichen, geliebten Bruders; – aber ich hoffe, Du wirst Dich dankbar dafür bezeigen.

Auguste*(geht zum Tisch)*. Dankbar?

Blase. Dankbar und gehorsam. Ich lasse Euch allein, Kinder. *(Leise zu Hermann.)* Hermann, Sie wissen, was Sie zu thun haben. *(Leise zu Auguste.)* Sei freundlich mit dem jungen Menschen – hörst Du? *(Nimmt den Hut.)*

Auguste. Sie gehen, Onkel?

Blase. Ein kleiner Geschäftsgang. Ich bin gleich wieder da. Noch Einmal, vergeßt nicht: Gehorsam ist die erste Kindespflicht. *(Ab, durch die Mitte.)*

Neunte Scene.

Auguste. Hermann.

Auguste(*die sich an den Tisch mit den Acten gesetzt und Seide zur Hand genommen hat, für sich*). Verstehe, Herr Onkel! Ich weiß nun Alles. Sie wollen mich kaufen und wieder verkaufen – allein wir sind um keinen Preis zu bekommen. *(Reißt Papier ab, wickelt Seide auf.)*

Hermann(*in einiger Entfernung, für sich*). Ich soll sie ansehen – aber sie blickt nicht auf.

Auguste(*trällert bei der Arbeit*).

Hermann(*räuspert sich*).

Auguste(*aufblickend, läßt die Arbeit sinken*). Junger Herr! Sie sind hier?

Hermann(*nähert sich ein wenig*). Ja, mein Fräulein.

Auguste. Richtig! Sie sollen mir ja Gesellschaft leisten.

Hermann. Das thu' ich. *(Blickt ihr starr in die Augen, dann für sich.)* Sie ist wirklich hübsch – aber sagen mag ich ihr's nicht.

Auguste. Warum betrachten Sie mich so aufmerksam?

Hermann. Der Vormund will – *(Betrachtet sie wieder.)* Das heißt – – arbeiten Sie nur weiter.

Auguste(*Seide wickelnd, wie oben*). Sie können meinen Blick nicht aushalten?

Hermann. Warum nicht?

Auguste. Setzen Sie sich zu mir, junger Herr. *(Es geschieht.)* Der Onkel will also, daß Sie mir den Hof machen sollen, nicht wahr?

Hermann. So etwas dergleichen.

Auguste. Und Sie thun das wohl recht ungern? *(Blickt ihn an.)*

Hermann(*schlägt die Augen nieder*). Ungern gerade nicht.

Auguste. Mau sollt' es meinen. Wissen Sie auch, daß Sie die höchste Zeit haben, sich zu verlieben?

Hermann. So?

Auguste. Freilich! Sie sind durchaus kein Knabe mehr – wenigstens von Außen.

Hermann*(Muth fassend)*. Es gibt Menschen, die ewig Kinder bleiben – nach Innen.

Auguste*(verwundert, legt die Arbeit weg)*. Was hör' ich? Der Stein gibt plötzlich Funken.

Hermann. Wenn sie nur zünden möchten!

Auguste. Immer besser! Das tête-à-tête wird am Ende gefährlich.

Hermann. Für mich nicht.

Auguste*(steht auf)*. Hören Sie, junger Mensch, das war unartig.

Hermann*(bleibt sitzen, schlägt die Beine über einander)*. Wie man in den Wald schreit, so hallt's zurück. *(Für sich.)* Hübsch ist sie, aber boshaft.

Auguste*(lehnt sich über seinen Stuhl)*. Sagen Sie mir doch, junger Herr – aber aufrichtig – hat Ihnen Ihr Vormund nichts Näheres mitgetheilt über unser Verhältniß?

Hermann*(wendet den Kopf, blickt zu ihr hinauf)*. Ueber unser –?

Auguste. Ja doch! Mit Einem Wort: hat er Ihnen nicht gesagt, daß wir uns heiraten sollen?

Hermann*(wie erschrocken, springt auf)*. Heiraten? Wir sollen uns heiraten?

Auguste. Allerdings. Es ist eine ausgemachte Sache. Sie sollen mit Nächstem für großjährig erklärt werden, man will Sie aber für alle Zukunft am Bändchen halten und ich soll dazu beitragen. Es ist also eine politische Heirat – verstehen Sie?

Hermann. Eine politische?

Auguste. Was mich betrifft, so ist mein Plan gefaßt, und ich werde meine Maßregeln dagegen ergreifen.

Hermann. Dagegen? Sie werden also »nein« sagen?

Auguste. Nicht doch! Ich sage: »ja«.

Hermann. Ja?

Auguste. Ich hänge von meinem Onkel ab – ich darf ihm nicht geradezu widersprechen.

Hermann. Also darum!

Auguste. Aber Sie sind frei. Sie können –

Hermann. Und was?

Auguste. Selbstständig auftreten, thun, was Sie wollen.

Hermann. Was ich will! *(Nachdenkend, wie für sich).* Wenn ich nur einen eigenen Willen hätte!

Auguste. Den bekommt man eben durch's Wollen.

Hermann*(zu ihr gewendet).* Wie soll ich's aber anfangen?

Auguste. Soll Ihnen das ein Mädchen sagen?

Hermann*(wieder mehr für sich).* Ich fühl's, sie haben mich hier an eine Kette gefesselt –

Auguste. Wie mich damals im Institut.

Hermann. Mir ist, als sollt' ich sie zerbrechen –

Auguste. Thun Sie's! Ich hab's gethan.

Hermann. Allein es ist frevelhaft –

Auguste. Ueber den Frevel war ich bald hinaus.

Hermann*(wieder zu ihr).* Mir fehlt der Muth. Ich möchte so gerne wirken, thätig sein –

Auguste. So wirken Sie in's Himmels Namen.

Hermann. Aber was?

Auguste. Ja, wer das heut' zu Tage wüßte! Die Klugen legen da die Hände in den Schooß und lassen den lieben Gott walten; aber Andere sind noch klüger und walten statt seiner, und das gibt dann eine Wirthschaft zum Erbarmen.

Hermann. Ich weiß mir nicht zu rathen. Ich will auch die Hände in den Schooß legen.

Auguste. Thun Sie das: es ist das Bequemste. Werden Sie ein Pedant, ein Philister, wie mein Oheim.

Hermann. Und Ihr – Gemahl?

Auguste. Auch das – wenn Sie die Courage dazu haben. Aber erst müssen Sie ein Mann sein.

Hermann. Ein Mann?

Auguste. Wollen Sie's werden? Versprechen Sie's? Nur nicht der meinige. Doch Sie werden ein armes Mädchen nicht zwingen wollen –

Hermann. Zwingen? Wahrhaftig, nein!

Auguste. So ist's recht. Nun sind wir gute Freunde. *(Reißt wieder Papier ab.)* Aber Sie sollen belohnt werden.

Hermann. Was zerreißen Sie denn da in Einem fort?

Auguste. Papier, um Seide aufzuwickeln, und aus der Seide soll ein Geldbeutel für Sie werden.

Hermann. Bedanke mich schön. – Um's Himmels Willen! Ich bin verloren. Sie haben meine Acten zerrissen!

Auguste. Die Lappalien!

Hermann. Lappalien! Gerade das wichtigste Stück!

Auguste. Was ist's denn weiter? Es bleibt noch genug übrig!

Hermann. Genug übrig! Was verstehen Sie davon? Wenn's der Präsident erfährt –

Auguste *(aufstehend)*. Der würde sich gewiß galanter ausdrücken!

Hermann. Ei was! Ein Präsident drückt sich niemals galant aus, wenigstens nicht gegen unser Einen. Das wichtigste Actenstück zu zerreißen!

Auguste *(lachend)*. So geschwind ist noch gar keines erledigt worden.

Hermann. Nun lachen Sie wieder! Was ich immer von Ihnen sagte: Sie können nicht ernsthaft sein.

Auguste. Meinen Sie, junger Herr? – Aber was hilft der Ernst? Die Acten werden doch nicht wieder ganz.

Hermann. Das ist eben das Entsetzliche! Man wird mir alle Schuld beimessen – es kann mich meine künftige Anstellung kosten.

Auguste. Das wäre ein Unglück!

Hermann. Was? Kein Unglück?

Auguste. Wozu sind Sie denn überhaupt ein Beamter?

Hermann. Wozu ich – ein Beamter –?

Auguste. Ein kleiner Beamter! sehen Sie: so klein.

Hermann. Man kann avanciren.

Auguste. Freilich, freilich! Wenn man Verdienste hat, wie Sie; wenn man der Sohn seines Vaters ist; wenn man mit Urlaub spazieren geht, und einen fleißigen armen Teufel für sich arbeiten läßt, den man dann präterirt – nicht wahr?

Hermann. Was doch ein Frauenzimmer Alles sagen darf!

Auguste. Und was ein Mann anhört, ohne es zu beherzigen! – Sie glauben, ich kann nicht ernsthaft sein? Wohlan, Herr Baron, jetzt will ich ernsthaft mit Ihnen sprechen. Sie sind im Mannesalter und lassen sich am Gängelbande leiten; Sie besitzen reiche und blühende Ländereien, die unter fremden Händen verwildern; Sie haben Unterthanen, die man verwahrlost und bedrückt; Sie sind ein Diener, ein Knecht, wo Sie Herr und Gebieter sein könnten – pfui, schämen Sie sich, junger Mann! – Verzeihen Sie, künftiger Herr Commerzienrath, Kammerrath, wie immer Rath, daß sich ein naseweises Mädchen herausnimmt, Ihnen den Text zu lesen; aber es war meine Absicht, Ihre Energie zu wecken; gelingt es mir – wohl und gut; wenn nicht, so bleiben Sie, was Sie sind, ein kleiner Beamter – das Allerkleinste, was man sein kann – ein winzig kleines, niedliches Räthchen, dem sie nichts anvertrauen als – Lappalien. *(Ab mit einem Knix in ihr Zimmer.)*

Zehnte Scene.

Hermann (allein, nach einer Pause).

Lappalien! – Ich glaube, sie hat recht. Wahrhaftig – *(Blickt herum, halblaut.)* Es sind Lappalien – *(Lauter.)* Rechte Lappalien. – »Warum sind Sie denn überhaupt ein Beamter?« –

Verwünschtes Mädchen! – Aber warum bin ich denn eigentlich ein Beamter? Warum? Wozu? – Es war der Wille meines Vaters. – Ach, es war sein Wille, daß ich keinen Willen haben soll! – Aller ich will! Ich will wollen! – Nagt es nicht schon längst an mir? Gährt es nicht in meinem Innern? Wenn sie an mir zerren und nergeln, schwebte mir das Wort des Widerspruchs nicht längst auf der Zunge? Ich scheute bisher nur es auszusprechen! Ich wartete auf den günstigen Moment – jeder Moment ist der günstige! Ich will's nicht länger ertragen. Ein Frauenzimmer verspottet mich – die Bedienten lachen mich aus – so darf's nicht länger bleiben. Ein kleiner Beamter! – Ich will's nicht mehr sein. *(Geht auf und ab.)* Lappalien! *(Bleibt stehen, sein Blick fällt auf die Acten.)* Fort mit den Lappalien! *(Er packt die Acten.)*

Eilfte Scene.

Hermann. Ein Bedienter (mit einem Briefe).

Hermann*(ordnet schnell die Acten).* Wer ist's? Was gibt's?

Bedienter. Ein Brief. *(Will zur Seite rechts ab. besinnt sich.)* Ja so! – Herr Blase ist nicht zu Hause – *(Geht nach links.)*

Hermann. Halt! Lassen Sie sehen. Dieser Brief ist an mich.

Bedienter. Freilich, junger Herr.

Hermann. Geben Sie her.

Bedienter. Was fällt Ihnen bei? Sie dürfen ja Ihre Briefe nicht lesen.

Hermann. Ich darf nicht?

Bedienter. Sie wissen's ja! Herr Blase und Herr Spitz haben sich's vorbehalten, zuerst einen Blick hineinzuwerfen.

Hermann. Einen Blick! Geben Sie her, sag' ich.

Bedienter. Aber ich darf nicht –

Hermann. Sie sollen, Sie müssen.

Zwölfte Scene.

Vorige. Spitz.

Bedienter. Da kommt der Herr Spitz!

Spitz. Was gibt's hier?

Bedienter. Herr Spitz! Der junge Herr will durchaus diesen Brief lesen.

Spitz*(nimmt den Brief)*. Schon gut. Gehen Sie nur, Friedrich. *(Bedienter ab.)*

Dreizehnte Scene.

Hermann. Spitz.

Hermann*(mit einiger Heftigkeit)*. Herr Spitz! Ist es wirklich? Sie erbrechen meine Briefe?

Spitz*(faßt ihn in's Auge, nach einer Pause)*. Ja.

Hermann. Und das sagen Sie mir ins Gesicht?

Spitz. Es geschieht im Auftrage Ihres Herr Vormunds.

Hermann. Briefe zu öffnen! Es ist schändlich!

Spitz. Ohne Sorge! Wir machen sie immer wieder zu. *(Besieht den Brief, ohne ihn zu öffnen.)* Indessen – nehmen Sie.

Hermann*(erbricht und liest den Brief)*. Abscheulich! Unerhört! – Herr Spitz! Wissen Sie, was in dem Briefe steht?

Spitz. Allerdings. Ich kenne die Handschrift. Er ist vom Waldmeister.

Hermann. Ja, und er enthält –

Spitz*(setzt sich)*. Klagen über die schlechte Administration, über Herrn Blase – über mich.

Hermann. Sie wissen also –?

Spitz. Wir haben bereits mehr dergleichen. Der gute Alte wird nicht müde zu schreiben und zu klagen. Wir legen's ad acta.

Hermann. Entsetzlich! So handelt man an mir, an meinem Gut? Und Sie bieten die Hände dazu, Herr Spitz?

Spitz(*steht auf*). Was sollt' ich thun? Herr Blase ist Ihr Vormund. Er war bis jetzt der Herr – ich nur sein Diener.

Hermann. Sein Diener? Sie waren sein Rathgeber.

Spitz. Sein Rathgeber? Sie irren vielleicht. Und wenn ich's wäre! – Ich will Ihnen etwas sagen, junger Mann. Einem bornirten Kopf, der obendrein ein System hat, läßt sich weder rathen, noch helfen. Ja, wenn Sie selbst den Muth hätten, die Kraft – aber was hilft das auch? Sie sind minderjährig –

Hermann. Minderjährig? Nicht lange mehr! Und dann –

Spitz(*ihn beobachtend*). Dann?

Hermann. Werd' ich wissen, was ich zu thun habe.

Spitz. Das konnten Sie längst wissen, wenn Sie kein Träumer wären.

Hermann. Ein Träumer – ja, das bin ich.

Spitz. So erwachen Sie – ich will Sie wecken helfen. Hab' ich's nicht bereits gethan? Hab' ich Ihnen nicht bisweilen Winke gegeben, die – verzeihen Sie! – leider niemals beherzigt wurden? Die Hand auf's Herz, junger Mann – haben Sie sich je um Ihre eigenen Angelegenheiten bekümmert? (*Da Hermann die Hand mit dem Brief sinken läßt, für sich.*) Kein Zweifel, er will sich emancipiren. da heißt es: vorbauen.

Vierzehnte Scene.

Vorige. Blase. Später Auguste (die aus ihrem Zimmer kommt und im Hintergrunde bleibt).

Blase. Hermann, geliebter Mündel – Herr Spitz, ach, ich kann vor Rührung keine Worte finden. So eben bin ich dem Herrn Secretär begegnet. Seine Excellenz der Herr Präsident lassen mir sagen – Hermann, Sie sind – (*Schluchzend.*) Assessor geworden.

Spitz. Assessor?

Auguste(*tritt vorwärts*). Assessor?

Blase. Wirklicher Assessor! Denke Dir, Nichte! Kaum dreiundzwanzig Jahre und schon etwas Wirkliches.

Auguste. Das ist wirklich zum Erstaunen. Gratulire, junger Herr – junger Herr Assessor!

Blase. Nichts mehr mit junger Herr! Ein wirklicher Beamter ist niemals jung, ist eo ipso undex officio mündig. Herr Baron, ich hoffe, Sie fühlen die Wichtigkeit dieses großen Moments. Seit Sie in die Wirklichkeit getreten sind, sind Sie kein Jüngling mehr, sind Sie ein Mann. Ich werde Sie auch in Zukunft als solchen behandeln. Augenblicklich setz' ich die Schrift auf, an die hochlöbliche Behörde, und ersuche, daß man Sie großjährig erklärt.

Hermann. Großjährig?

Auguste. Wunder über Wunder!

Blase. Ja, großjährig! Wir brauchen keine Obervormundschaft – nicht wahr, Herr Spitz? *(Zu Hermann.)* Aber ich hoffe, Sie werden auch in Zukunft meinem väterlichen Rathe folgen, wie bisher – nicht wahr, Herr Spitz? – Doch das ist keine Frage! Denn die Familienbande – – haben Sie mit meiner Nichte gesprochen, haben Sie? Hat er, Nichte? Aber gleichviel! – Auguste, Herr Assessor, ich segne Euch provisorisch. Jetzt an die hochlöbliche Behörde. *(Ab in das Seitenzimmer rechts.)*

Spitz*(beobachtend).* Assessor – und großjährig!

Auguste*(auf Hermann weisend, der in sich gekehrt steht).* Jetzt ist der Philister fertig.

Zweiter Act.

Erste Scene.

Amalie und Schmerl (sitzen am Tische links und spielen Karten).

Amalie. Sie haben gestochen, Herr Schmerl. Sie spielen aus.

Schmerl*(der die Karten ungeschickt hält)*. Ich spiele aus – ein Dings da – ein Aß.

Amalie. Ich gebe zu.

Schmerl. Sie geben zu. *(Läßt die Hand mit den Karten auf den Tisch sinken.)* Ich gebe auch zu – daß Sie eine charmante Frau sind.

Amalie*(verweisend)*. Herr Schmerl! – Es ist an Ihnen.

Schmerl*(nimmt die Karten wieder auf)*. An mir? – Mir fehlt eine Karte –

Amalie. Sie sind überhaupt nicht beim Spiel. Nun haben Sie vergeben.

Schmerl. Vergeben Sie – das Piket ist ein äußerst schwieriges Spiel.

Amalie. Ich will auf's Neue mischen und ausgeben. Heben Sie ab. *(Gibt Karten.)*

Schmerl. Wie hübsch Sie das machen, Madame Blase-Walter!

Amalie. Haben Sie jetzt alle Karten?

Schmerl*(nimmt eine Karte nach der andern auf)*. Ich glaube wohl. *(Läßt die Karten wieder sinken.)* Sagen Sie mir aufrichtig, Amalie, erinnern Sie sich denn noch bisweilen unserer Jugendzeit?

Amalie. Ganz dunkel. Kaufen Sie.

Schmerl. Gleich, gleich! – Wissen Sie noch, wie wir uns kennen lernten?

Amalie*(zupft an den Karten)*. Es war unter den Linden –

Schmerl. Im Wonnemonat, im Mai – wo die Bäume blühen – sogar in Berlin. Sie waren freundlich mit mir –

Amalie. Das bin ich immer – gegen Jedermann –

Schmerl. Ich hielt mich für eine Ausnahme – ich war der einzige Mann, der in's Haus kam –

Amalie*(immer mit den Karten beschäftigt)*. Blase war auf einer kleinen Zwischenreise begriffen – sein Verhältniß zu mir blieb damals noch geheim –

Schmerl. Für mich wenigstens – ich merkte nichts, kam immer mehr in's Zeug –

Amalie. Haben Sie gekauft?

Schmerl*(legt die Karten ganz weg, lehnt sich über den Tisch zu ihr)*. Ich warb um Sie, und – – ich habe mich damals wohl recht blamirt – wie?

Amalie. Warum? Ich war verlobt – Sie konnten das nicht wissen.

Schmerl. Verlobt! Leider, leider! – Arme Frau! Sie hatten Kummer in Ihrer Ehe – ich weiß das von Ihrem Schwager – aber ein Mann, der Sie quälen konnte, ist in meinen Augen ein – Dings da –

Amalie. Keine Beschuldigung gegen meinen Gatten, Herr Schmerl!

Schmerl. Ich sage ja kein Wort – ich denke nur an jene schöne, entschwundene Zeit. Ach, die Jugenderinnerungen sind doch das Beste, was Einer hat!

Amalie. Die Jugend ist noch besser.

Schmerl. Freilich, freilich! Wenn man da capo von vorne anfangen könnte! Zwanzig Jahre zurück und die Erfahrung dazu –

Amalie. Man würde das Nämliche erfahren.

Schmerl. Wohl möglich! Die Menschen kommen mir vor, wie der – Dings da der Epimetheus – der auch immer erst hinterher klug war. Aber ich dächte doch, wenn ich noch ein Mal mit Ihnen unter den Linden säße – *(Will ihre Hand ergreifen.)*

Amalie*(gibt ihm die Karten in die Hand)*. So würden wir unsere Partie ausspielen.

Schmerl. Die fatalen Karten!

Amalie. Sagen Sie Ihr Spiel an, Herr Schmerl.

Schmerl. In's Himmels Namen! – Ich hab' vier – fünf Herzen.

Amalie. Die gelten Alle nichts.

Schmerl. Oho!

Amalie. Was haben Sie noch?

Schmerl. Nichts. Drei Dinger da – drei Könige.

Amalie. Ich schlage Ihre Könige.

Schmerl. Meinetwegen! *(Ergreift ihre Hand mit den Karten.)* Amalie! Wenn es sich anders gefügt hätte! Wenn ich Ihr Mann geworden wäre, statt des Herrn – Dings da – wir säßen uns vielleicht auch traulich gegenüber, wie eben jetzt – aber nicht einzeln, sondern verbunden –

Amalie. Herr Schmerl –

Schmerl*(hält immer ihre Hand, während einzelne Karten nach und nach unter den Tisch fallen).* Herr Schmerl! *(Steht auf und lehnt sich hinüber).* Wie kalt das klingt, wie fremd! Dann hieß' es: »Lieber Schmerl! Mein lieber Schmerl! Lieber Mann!« – Ich hielte Ihre Hand in der meinen – wie jetzt – aber Sie zuckten nicht dabei; ich würde Sie auf den Händen tragen, und Sie schenkten mir vielleicht –

Zweite Scene.

Vorige. Auguste (durch die Mitte).

Amalie*(reißt ihre Hand los und ordnet schnell die Karten).* Vierzehn Buben!

Schmerl*(erstaunt, sinkt in den Stuhl zurück).* Was?

Amalie*(leise).* Meine Tochter –

Schmerl*(aufblickend).* Ja so! *(Steht auf, wie auch Amalie.)* Schön Gustchen, guten Abend!

Auguste*(mit unterdrücktem Lachen).* Gleichfalls, Herr Schmerl.

Amalie*(verlegen).* Sie wollten ja den Schwager besuchen, Herr Schmerl –

Schmerl. Den Schwager?

Amalie*(winkt ihm).* Freilich, freilich! Er hat Sie eigens eingeladen –

Schmerl*(welcher nicht versteht)*. Papa Blase? Mich? Wozu denn?

Amalie. Zu einer feierlichen Handlung. Der junge Baron soll heute großjährig erklärt werden.

Schmerl. Das Riesenkind? Das Wickelkind?

Amalie*(dringender)*. Ja doch! Der Schwager erwartet Sie –

Schmerl. So will ich gleich – Adieu, meine Damen! *(Küßt Amalien die Hand.)* Madame Blase-Walter – *(Leise.)* Amalie –

Amalie*(entzieht sich ihm)*. Geh'n Sie nur, Herr Schmerl. *(Leise.)* Vorsicht, mein Freund!

Schmerl*(eben so)*. Vorsicht! Verstanden! *(Laut.)* Schönes Gustchen, auf Wiedersehen! *(Für sich, im Abgehen.)* Vorsicht! – Sie ist charmant! Papa Blase hat recht – ich bleibe bei der Mama. *(Ab, in Herrn Blase's Zimmer.)*

Dritte Scene.

Amalie. Auguste.

Amalie*(nach einer kleinen Pause, wie unbefangen)*. Was meinst Du, mein Kind? Soll ich nicht ein anderes Kleid anziehen?

Auguste*(die sich im Zimmer zu schaffen machte)*. Warum, Mama? Das Grün kleidet Sie recht gut.

Amalie. Aber Du – *(Richtet an ihr.)* Dein Anzug ist etwas vernachlässigt –

Auguste. Finden Sie?

Amalie. Besonders für heute, wo der junge Baron – er ist sehr artig, sehr zuvorkommend gegen Dich.

Auguste. Im Gegentheil! Er geht mir die ganze Zeit her aus dem Wege.

Amalie. Weil Du es zu wünschen scheinst –

Auguste. Nicht doch, Mama! Er weicht mir wirklich aus. *(Ablenkend.)* Da ist der Schmerl ganz anders –

Amalie. Der Schmerl?

Auguste. Ja. Der folgt Ihnen auf allen Tritten und Schritten.

Amalie. Was Du für Einfälle hast! – Aber der Baron – Dein Onkel meint –

Auguste. Ich weiß, ich weiß! Er sagte neulich: Alte Liebe rostet nicht –

Amalie. Alte Liebe?

Auguste. Er meinte den Schmerl –

Amalie *(rasch)*. Possen! Possen! Er sprach von dem jungen Baron. Er ist wirklich ein guter Mensch –

Auguste *(wie zerstreut)*. O ja –

Amalie. So sanft, so gefällig. – Und obendrein wohlhabend – ja, reich –

Auguste. So sagt man –

Amalie. Kurz, ein Mann, wie sie selten vorkommen –

Auguste *(mit den Karten spielend)*. Aber ein schlechter Piketspieler –

Amalie. Wer? Hermann?

Auguste. Nein! Herr Schmerl!

Amalie *(rasch)*. Du verstehst mich nicht! – Ich will doch wenigstens eine andere Chemisette nehmen. *(Eilt in ihr Zimmer.)*

Vierte Scene.

Auguste (allein).

Der erste Sturm ist glücklich abgeschlagen. Eigentlich kam's noch gar nicht dazu. Die Mama ward als Plänkler vorausgesendet – aber ihr Angriff war nicht herzhaft genug. Nun wird der Onkel nachrücken mit dem schweren Geschütz: »Du bist mir Dankbarkeit schuldig« – bum! – »Du mußt an Deine Zukunft denken« – bum! – »An Deine Versorgung« – bum! bum! – O Liebe! Süße Poesie des Lebens! Sie lassen Deine schönen farbigen Blüten nicht frei in die goldenen Lüfte schießen – sie stellen sie vor der Zeit in das dumpfe Treibhaus der Ehe und speculiren damit, wie die Holländer mit ihren Zwiebeln. Ich will nichts wissen von diesem Liebes-

schacher! – Ein Glück, daß der junge Mann denkt wie ich –
daß er mir ausweicht.

Fünfte Scene.

Auguste. Spitz (aus dem Seitenzimmer links).

Spitz*(spähend)*. Fräulein Auguste! Sind Sie allein?

Auguste. Nein, Herr Spitz. Meine Gedanken sind bei mir.

Spitz. Ihre holden Gedanken mögen verzeihen, aber längst sucht'
ich die Gelegenheit zu einer Unterredung.

Auguste. Mit mir?

Spitz. Allerdings. Ich möchte gerne Ihrer Gnade empfohlen sein.

Auguste. Meiner Gnade?

Spitz. Als künftiger Frau Baronin, unserer Gebieterin –

Auguste. Da plänkelt schon wieder Einer! – Baronin! Das klingt
nicht übel! Aber ich bin's noch nicht.

Spitz. Wird werden, Fräulein – wird werden – wenn Sie anders
wollen.

Auguste. Aber soll ich wollen? Soll ich die Frau eines unreifen
Mannes werden? Rathen Sie mir's, Herr Spitz?

Spitz. Unreif? Wer weiß! Glauben Sie mir: in dem jungen Menschen steckt bereits der fertige Mann; die Puppe wird nächstens
zum Schmetterling. Im Vertrauen: der Baron ist eigentlich weit ge-
scheidter als sein Vormund.

Auguste. Als mein Herr Onkel Polonius? Sehr möglich!

Spitz. Sein Geist wurde nur unterdrückt – durch schlechte Erziehung.

Auguste. Das sagen Sie? Sein Hofmeister?

Spitz*(zuckt die Achsel)*. Ich hatte meine Vorschriften. Uebrigens –
unser Erziehungssystem ist doch so übel nicht: es macht Nichts aus
den Menschen, und so können sie später Alles werden. Doch glauben Sie mir, mein Fräulein, ging' es nach mir, ich hätte den Baron
weit lieber nach liberalen Grundsätzen erzogen.

Auguste. Was Sie sagen! Sie sind am Ende selber liberal?

Spitz. Ganz gewiß! Aber im Stillen. Als junger Mensch sprach ich frei – jetzt begnüg' ich mich, frei zu denken. Das Sprechen war mir damals übel bekommen: ich ward von der Universität relegirt wegen Verdachtes der Hinneigung zu liberalen Tendenz-Annäherungen.

Auguste. Und jetzt schlagen diese Tendenzen wieder vor?

Spitz. Nach Umständen. Ich bin jeder Metamorphose fähig, denn mein Geist ist frisch und versatil; allein ich will die Richtung meines Geistes von Ihnen empfangen, Fräulein.

Auguste. Von mir?

Spitz. Ja, ja, von Ihnen. Ich bitte um meine Instruction. Doch sie steht in Ihren Augen.

Auguste. Und wie lautet sie?

Spitz. Wir befreien den jungen Mann.

Auguste. Wir?

Spitz. Sie und ich – ich und Sie. Ein klein wenig haben Sie bereits vorgearbeitet, wie es scheint.

Auguste*(überhörend).* Also ein geheimer Bund?

Spitz. Zu Gunsten meines Zöglings, seiner völligen Emancipation.

Auguste. Wie, Herr Spitz? Und dazu wollen Sie sich wirklich brauchen lassen?

Spitz. Warum nicht? Die Spitze lassen sich zu Allem brauchen. Sind Sie einverstanden?

Auguste. Vielleicht.

Spitz*(küßt ihr die Hand).* Danke, mein Fräulein. Dieser Wink ist mir genug: nun hab' ich meine Instruction. – Noch Ein's, Fräulein! Trauen Sie mir einigen psychologischen Blick zu?

Auguste. Ganz gewiß! Wenigstens kennen Sie die Schattenseite der Menschen.

Spitz. Wer den Schatten kennt, kennt der das Licht nicht auch? – Sie haben gleich anfangs auf meinen Zögling keinen günstigen Eindruck hervorgebracht – allein das hat sich bald geändert. Ein neuer Geist ist in ihn gefahren seit – *Sie* im Hause sind. Aber nehmen Sie sich in Acht, Fräulein! Sie haben die Büchse der Pandora geöffnet – Sie haben die bösen Geister heraufbeschworen – vergessen Sie das Zauberwort nicht, das sie wieder bändigt.

Sechste Scene.

Vorige. Schmerl. Blase (ein Papier in der Hand), dann Hermann und Amalie.

Schmerl(*im Auftreten*). Papa Blase! Sie sind also einverstanden?

Blase. Vollkommen. Als Oberhaupt der Familie geb' ich meine Zustimmung. Aber erst die Tochter, dann die Mutter – so ist's in der Ordnung. – Du bist schon da, liebe Nichte? – Herr Spitz, wo ist Ihr Zögling?

Spitz. Auf seinem Zimmer.

Blase. Ganz allein? Was macht er dort?

Spitz. Er fängt Fliegen und läßt sie wieder aus.

Blase. Nun, das ist unschädlich. Rufen Sie ihn her.

Spitz. Sogleich, Herr Blase. (*Oeffnet die Seitenthüre.*)

Blase. Nun fehlt noch die Schwägerin.

Schmerl. Ich will sie holen –

Blase. Da ist sie schon!

(*Amalie und Hermann von verschiedenen Seiten treten auf.*)

Schmerl(*Amalien entgegen*). Madame Blase-Walter –

Blase(*bei Hermann's Eintritt*). Da kommt der Held des Tages! Nun können wir anfangen. Nehmt Platz, meine Freunde! Hermann, Auguste, hier zur Rechten; Frau Schwägerin, Herr Schmerl –

Schmerl(*geht zu Amalien*). Auf der Linken – auf der äußersten Linken!

Blase. Ich und Herr Spitz bleiben hier in der Mitte.

Schmerl. Im Centrum – im juste milieu.

(Alle setzen sich, bis auf Blase.)

Blase*(setzt die Brille auf).* So eben ist dies Decret aus der Kanzlei angelangt. *(Liest.)* »An den wirklichen Gerichts-Assessor Hermann Freiherrn von Eichen zu Eichenthal.«

Schmerl. Hört, Hört!

Blase. St! *(Zu Hermann.)* Diese Schrift enthält Ihre Großjährig-keits-Erklärung. Ich übergebe sie Ihnen, mein geliebter Zögling, und umarme Sie als einen Mann, der von diesem Augenblick an selbst-ständig und sui juris ist.

Schmerl*(halblaut zu Augusten hinüber).* Nun ist's nichts mehr mit dem Wickelkind.

Auguste*(für sich).* Was wird er thun? Er sieht mich nicht an –

Spitz*(aufstehend).* Herr Blase, darf ich mir ein Wort erlauben?

Blase. Immer zu, Herr Spitz, immer zu. *(Setzt sich.)*

Schmerl. Aber machen Sie's kurz, denn die Linke wird unruhig.

Spitz*(zu Hermann).* Herr Baron! Das große Werk Ihrer Bildung und Erziehung ist nunmehr unter meiner schwachen Beihilfe segen-reich vollendet worden –

Schmerl. Segenreich? Murren auf der Linken.

Spitz. Sie sind jetzt großjährig und im vollen Besitze Ihrer Frei-heit und Unabhängigkeit. –

Schmerl. Allgemeine Heiterkeit!

Spitz. In welchem Sinne Sie aber auch in der Folge Ihre Angele-genheiten zu führen gedenken, vergessen Sie nicht, Herr Baron, daß ein getreuer Spitz an Ihrer Seite steht, welcher bereit ist, Ihnen sein Leben lang zu dienen, und sich genau nach einem jeden System zu benehmen, welches Sie einzuschlagen belieben werden. *(Verneigt sich.)*

Schmerl. Aha! Er spricht wie der – Dings da – pro domo – der Ci-cero.

Blase*(steht auf)*. Genug, Herr Spitz, genug! Ueber das System ist keine Frage: es ist und bleibt das Blase'sche.

Schmerl. Abermaliges Murren.

Blase. Der Herr Assessor kennt uns Beide; er weiß, daß wir sein Bestes wollen. Ihre Kenntnisse werden ihn fortan unterstützen –

Spitz*(verneigt sich)*. So wie Ihre guten Rathschläge –

Blase*(eben so)*. Ihre Treue und Ergebenheit –

Spitz. Ihre administrative Weisheit –

Schmerl*(zu Amalien)*. Das Centrum macht sich Complimente – die Linke muß auf der Hut sein.

Blase. Und nun zu einer andern Frage – zu einer Lebensfrage. Tritt zu mir, liebe Nichte – Herr Assessor, Ihre Hand –

(Auguste steht auf, wie auch die Uebrigen.)

Auguste*(für sich)*. Was wird er thun? Wie wird er sich benehmen?

Blase*(will seine Hand ergreifen)*. Herr Assessor –

Hermann*(entzieht sich ihm)*. Verzeihen Sie, Herr Blase! – Ich bin nun großjährig und somit selbstständig, nicht wahr?

Blase. Selbstständig?

Schmerl. Das versteht sich! Die Freiheit ist Ihnen – Dings da – octroyirt.

Blase. Das heißt, bis wir sie ihm wieder wegnehmen.

Hermann*(anfangs unsicher)*. Ich bin von nun an Herr meines Willen, meiner Person – und so will ich vor Allem in Zukunft meine Güter selbst verwalten.

Auguste*(für sich)*. Nicht übel!

Blase. Selbst verwalten?

Schmerl. Die Opposition billigt das.

Blase. Selbst verwalten! Da haben wir wieder die freien Ideen! – Aber bester Herr Assessor –

Hermann. Genug, Herr Blase! Ich habe meinen Willen – will ihn haben.

Auguste*(für sich)*. Sieh' doch!

Blase. Ihren Willen?

Schmerl. Was denn sonst? *(Zu Amalien)*. Nun wird's mir klar: es ist ein versteckter – Dings da – ein Brutus, den man anfangs auch immer für einen Simplex hielt. – Nur zu, junger Mann! Opposition, nur Opposition!

Hermann. Ich weiß aus guter Quelle, wie übel man auf meinen Gütern gewirthschaftet hat. Ich weiß, daß dort Reformen nöthig sind.

Blase. Was? Reformen?

Schmerl. Reformen! Freilich, freilich! Nichts als Reformen! – Nur zu, junger Brutus! Nur zu!

Hermann*(mit steigender Sicherheit)*. Dieser Brief eines wackern Mannes hat mich aufgeklärt.

Blase*(fragend zu Spitz)*. Ein Brief?

Spitz*(leise)*. Er ist vom Waldmeister –

Hermann. Ich erfahre daraus, welche Fehler sich eine leichtsinnige und unwissende Administration hat zu Schulden kommen lassen – aber das soll nicht so bleiben! Meine Wälder sollen nicht länger ausgerottet werden; ich will neue Pflanzungen anlegen, neue Bauten herstellen, Sümpfe und Moräste austrocknen –

Schmerl. So ist's recht! Keine Sümpfe mehr! Bloß Opposition!

Blase. Keine Sümpfe? Das sind Schwärmereien! – Hören Sie, junger Mensch – mir fehlen die Worte! Ich hätte gute Lust, Sie unter Curatel setzen zu lassen.

Schmerl. Die Linke protestirt –

Hermann. Unter Curatel?

Blase. Jetzt, gleich, im Augenblick. Ich gehe zum Präsidenten –

Hermann. Zum Präsidenten? Und unter Curatel? *(Geht auf Blase los, welcher zurückweicht.)* Unter Curatel! –Herr Blase, ich habe lange geschlummert, aber ich bin jetzt erwacht – die Augen sind mir geöffnet. Man hat beispiellos an mir gehandelt – beispiellos –

Schmerl. Das find' ich auch! Beispiellos!

Amalie*(die ihn immer zurückzuhalten sucht)*. Nicht doch, Herr Schmerl!

Schmerl. Er hat Recht, Madame Blase-Walter! Beispiellos!

Blase*(sieht sich wie nach Hilfe um)*. Herr Spitz!

Spitz*(nähert sich)*. Aber bester Herr Baron –

Hermann. Auch Sie, Herr Spitz!

Spitz. Ich?

Hermann*(geht auf ihn zu)*. Auch Sie! Besonders Sie!

Schmerl*(ebenso)*. Ja Sie! Sie ganz allein.

Hermann. Mein Lebensglück ist zerstört – vielleicht für immer zerstört – Sie tragen die Schuld.

Schmerl. Sie! Ja Sie!

Spitz*(mit einem Seitenblick auf Auguste)*. Ihr Lebensglück? Wer weiß! Es läßt sich wohl wieder herstellen. Frischen Muth, Herr Baron! Sie sind jung und kräftig – noch ist nichts verloren.

Hermann. Ich bin leider, wozu Sie mich erzogen haben, Herr Spitz! Ohne Thatkraft, unpraktisch, unwissend –

Spitz. Unwissend? Und Ihr Griechisch, Ihr Latein? Die Astronomie? Die Botanik?

Hermann. Ja, es ist wahr; Sie haben eine Menge von Kenntnissen in meinen Kopf gepfropft – nun seh' ich es ein: es war weniger, um meinen Geist zu nähren, zu bilden, als ihn zu ersticken, zu tödten. Sie haben Cicero's Periodenbau und Linnée's Nomenclaturen zu Hilfe gerufen, um mich in leeres Formelwesen zu verstricken; Sie haben einen Gelehrten, einen Pedanten aus mir machen wollen – aber Sie haben mich zu keinem Menschen gemacht. Und wenn ich jetzt im Frühling meiner Tage rathlos, hilflos, verlassen dastehe, so tragen Sie die Schuld, Sie ganz allein! Denn Sie haben mir nicht mein eigenes Innere, nicht Menschenseele und Geist, nicht die Blätter der Geschichte aufgeschlossen – Sie haben mich bloß griechisch gelehrt! Sie ließen mich die Staubfäden der Pflanzen zählen, aber Sie lehrten mich nicht den Boden kennen, in welchem sie wurzeln, der mir gehört, das Erbe meiner Väter, das ich bebauen, besäen, befruchten, auf dem ich arbeiten sollte. Sie wiesen mir den Orion, die Cassiopeia, die Sternbilder des Himmels, aber Sie verschwiegen mir, daß unter diesen schönen Sternen meine Unterthanen traurig umherwandeln und klagen – über mich, ihren Herrn, ihren angebornen Beschützer, der sie verkümmern, verderben, verschmachten läßt! Ueber *Sie* diese Klagen, Herr Spitz! Ueber Sie, über Sie!

Schmerl. Ja, über Sie! – Anhaltender Beifall auf der Linken. Ueber Sie!

Auguste*(für sich)*. Wie feurig er spricht! Ich hätt' ihm's nicht zugetraut.

Hermann. Und nun genug! Ich will fort. – Wo ist mein Hut?

Spitz. Sogleich, Herr Baron – *(Eilt ist das Nebenzimmer.)*

Hermann. Leben Sie wohl, Herr Blase. Ich gehe, den ersten Schritt zu meiner Befreiung zu thun.

Spitz*(kommt zurück mit Hermann's Hut, seinen eigenen verborgen haltend)*. Hier ist der Hut –

Hermann. Leben Sie wohl – Alle wohl. Die Zeit der Kindheit ist vorüber – nun will ich werden, was ich Andern, was ich mir selbst versprach: ein Mann, ein neuer Mensch! Leben Sie wohl, Alle mit einander! *(Ab.)*

Spitz. Den neuen Menschen wollen wir für's Erste doch ein Bischen überwachen! *(Schleicht ihm nach.)*

Auguste*(für sich)*. Er geht – er ist fort –

Schmerl. Der Simplex hat sich vollständig emancipirt – die Rechte ist zur Linken übergetreten – das Centrum ist gesprengt, vollständiger Sieg der Opposition! *(Reibt munter die Hände, auf- und abgehend.)*

Auguste*(wie oben)*. Er ist fort – was hat er vor? Er ist fort – und hat mich nicht einmal angesehen – *(Geht langsam in ihr Zimmer.)*

Siebente Scene.

Schmerl. Amalie. Blase (der sich wie erschöpft in den Armstuhl gesetzt).

Schmerl. Victoria! Helfen Sie mir Victoria rufen, Madame Blase-Walter. Victoria, Freudenschießen – Dings da – Te deum –

Amalie. Nicht doch, Herr Schmerl! *(Auf Blase deutend.)* Der Schwager!

Schmerl*(tritt zu ihm)*. Papa Blase! Nun, wie geht's?

Blase. Wie soll's gehen? Mein Reich ist aus –

Schmerl. Nicht doch, Papa Blase! Ein politischer Charakter darf den Kopf nie verlieren. Munter, frisch! Das Leben ist ja so schön – wie der Dings da sagt –

Blase. Ich habe zu leben aufgehört.

Schmerl*(mit einem Blicke auf Amalien)*. Und ich will erst recht anfangen –

Blase. Ist nicht der Mühe werth. Es ist Alles aus, rein aus, seit ich nicht mehr – *(Schreibt in die Luft.)* Blase – Blase! – O, warum hab' ich ihn großjährig erklären lassen! – Seit Jahren und Jahren bin ich so sicher und bequem auf meinem Princip herumgeritten, und nun – – Warum hab' ich ihn großjährig erklären lassen! – Herr Schmerl! Frau Schwägerin! Haben Sie's gehört? Reformen! Der junge Mensch will Reformen machen!

Schmerl. Da hat er recht. Was soll er denn sonst machen!

Blase*(steht auf)*. Was er machen soll? Nichts soll er machen. Abwarten soll er – das Gute kommt von selbst.

Schmerl. Das Schlimme leider auch. Wir haben's erlebt.

Blase. Er will Pflanzungen anlegen, neue Bauten herstellen, Sümpfe und Moräste austrocknen – was soll das helfen? s' ist kein System darin – kein System!

Schmerl. Na, hören Sie, Papa Blase, ich denke, die Sümpfe passen in gar kein System.

Blase. Wer sagt Ihnen das? In das meinige *haben* sie gepaßt. Ich seh' es wohl, die guten alten Zeiten sind vorüber.

Schmerl. Das ist eben das Gute!

Blase. Die neue Generation taugt nichts –

Schmerl. Optische Täuschung, Papa Blase! In fünfzig Jahren wird wieder die gute alte Zeit daraus.

Blase. Nichts wird daraus, sag' ich Ihnen – gar nichts!

Schmerl. Das ist auch möglich!

Blase. Ich sage Ihnen noch mehr; der Welt-Untergang steht vor der Thür, wenn man uns beseitigen will, uns Männer des Bestehenden, der Ordnung.

Schmerl. Sorgen Sie nicht. Wir werden uns zu helfen wissen, wir Männer des Fortschritts, des – Dings da – der Bewegung.

Blase. Bewegung! Fortschritt! Nun hören Sie einmal, Frau Schwägerin! Die Männer des Fortschritts! So sehen sie aus. Wahrhaftig, Ihr kommt mir vor, wie die blinden Pferde in der Tretmühle; die heben immer die Beine, bleiben aber immer auf dem alten Fleck.

Schmerl. Tretmühle? Nun hören Sie einmal, Madame Blase-Walter! – Herr Blase, wollen Sie mich beleidigen?

Amalie. Nicht doch, Herr Schmerl –

Blase. Ei was! Wenn er beleidigt sein will –

Amalie. Nicht doch, Herr Schwager –

Blase. Ich habe dem Herrn längst sagen wollen, daß mir seine modernen Redensarten im höchsten Grade zuwider sind.

Schmerl. Und ich habe den Herrn längst versichern wollen, daß mich das nicht im Geringsten bekümmert.

Amalie. Aber Herr Schmerl – aber Herr Schwager –

Blase. Nun wird's mir klar; der Einwirkung dieses Herrn habe ich es zunächst zu verdanken, daß sich mein Mündel gegen mich empört hat.

Schmerl. Das ist die Schuld des Herrn! Ich rieth Ihnen immer wie der Marquis – Dings da – geben Sie ihm Gedankenfreiheit.

Blase. Was hilft ihm die Freiheit, wenn er keine Gedanken hat?

Schmerl. Was helfen ihm die Gedanken, wenn er keine Freiheit hat?

Blase. Er braucht keine. Er ist nicht reif dafür.

Schmerl. Es gibt Leute, die längst überreif sind.

Blase. Ueberreif? So kann nur Einer sprechen, der kein administrativer Kopf ist.

Schmerl. So kann nur Einer sprechen, der ein – Dings da – ist –

Amalie. Aber Herr Schmerl –

Schmerl. Ja, das ist er!

Amalie. Nein, er ist's nicht!

Schmerl. Ja, er ist's!

Blase. Was bin ich denn eigentlich?

Schmerl. Was Sie sind? Sie sind ein Conservativer.

Blase. Conservativ? Hören Sie's, Frau Schwägerin? Conservativ! Ja, das bin ich – und ich bin stolz darauf.

Schmerl. Stolz?

Blase. Allerdings, Herr Schmerl, allerdings! Denn das ganze Weltsystem, der liebe Gott selber ist conservativ.

Schmerl. Ich behaupte das Gegentheil.

Blase. Die weite Schöpfung beruht auf dem Princip der Stabilität.

Schmerl. Stabilität? Im Gegentheil –

Blase. Lassen Sie mich ausreden! – Ist nicht Alles so geblieben, wie's am ersten Schöpfungstage war? Ist das Firmament nicht stabil? Und die Sonne, der Mond, die feuerspeienden Berge und die vier Jahreszeiten? Spazieren die Planeten nicht beständig in ihrer vorschriftmäßigen Bahn herum? Ziehen sich die Körper nicht an nach dem Gesetz der Schwere, und gibt's irgendwo einen absolut leeren Raum als in gewissen Köpfen? Blöckt das Schaf nicht gerade so wie vor sechstausend Jahren? Und der Löwe brüllt, das Pferd wiehert, die Taube girrt und der Esel yaht! Fressen nicht die wilden Thiere die zahmen, die Raubvögel die kleineren Vögel, diese die Käfer, der Mensch so ziemlich Alles, und die Würmer auch den

Menschen? Ist dieses Fressen und Gefressenwerden nicht eigens weise darauf eingerichtet, die Welt zu *erhalten?* Ist's nicht conservativ? – Ja der Hunger ist das Eine große Lebensmotiv, und die Liebe ist das Andere. Hunger und Liebe erhalten die Welt im Gange, und darum sorgen auch wir Männer der Ordnung immer dafür, daß die Kartoffeln nicht ausgehen, damit die Leute zu essen haben, und sich lieb haben können. Mehr braucht's nicht. Hab' ich nicht recht, Frau Schwägerin? Hab' ich nicht recht?

Amalie. Es scheint wirklich –

Schmerl. Ich behaupte vom Allem das Gegentheil. Ihr wollt die Welt erhalten?

Blase. Ja, das wollen wir.

Schmerl. Warum? Wozu?

Blase. Wir wollen –

Schmerl. Lassen Sie mich ausreden! – Die Welt ist fertig und sie erhält sich von selbst – bloß durch das Dings da – die Bewegung. Freilich, folgte man Euch, so säßen wir wackere Deutsche noch im finstern Urwald, das Bärenfell um die Schulter, verspeis'ten Wurzeln und Eicheln, und wären mit einem Wort – Dinger da – Barbaren. Aber da kam die große Bewegung – die Völkerwanderung – ein Zauberschlag – verschiedene andere Schläge – die neue Welt war da. Die Wälder brennen jetzt in unsern Oefen, aus dem Bärenfell ist ein Salonfrack geworden, aus den Eicheln Thee und Kaffee, und die Barbaren sind gegenwärtig Commerzienräthe, Kammerjunker, Garde-Lieutenants und Börse-Spekulanten – wodurch? Durch die Bewegung. Der physische Mensch muß sich Bewegung machen – das ist das Erste – fragen Sie nur Ihren Arzt – und ein Bischen geistige Commotion kann auch nicht schaden. Darum Bewegung! Nur Bewegung! – Hab' ich nicht recht, Frau Blase-Walter, hab' ich nicht recht?

Amalie. Man sollte meinen –

Blase. Was meinen? Ich bleibe bei meiner Meinung.

Schmerl. Und ich bei der meinigen. Ich sage, es geht vorwärts.

Blase. Und ich behaupte, es bleibt beim Alten.

Amalie. So ist's recht! Meine ein Jeder, was er will: so handelt Ihr Beide, wie es vernünftigen Männern ziemt. Bewegen Sie sich, Herr Schmerl – bleiben Sie stille stehen, Herr Schwager – kümm're sich Keiner um den Andern! Die Welt wird ohne Euch Beide wissen, was sie zu thun hat. Was mich betrifft, so will ich mich zu meiner Tochter bewegen.

Schmerl. Das bewegt mich, Ihnen das Geleite zu geben. Adieu, Papa Blase! Nichts für ungut! Aber ich bleibe dabei: es geht vorwärts. *(Beide ab.)*

Achte Scene.

Blase (allein). Dann Spitz.

Blase*(allein, ihm nachrufend).* Nein, es bleibt beim Alten! – Vorwärts? Ohne mich? Ohne uns? Ohne – *(Er schreibt in die Luft.)* Blase – Blase – das ist unmöglich – pur unmöglich! Denn wir sind eine Nothwendigkeit – eine Natur-Nothwendigkeit. *(Wie oben.)* Blase – Blase –

Spitz*(auftretend).* Herr Blase! Wo ist Ihre Nichte?

Blase. Da d'rinnen. – Was sagen Sie, Herr Spitz? Man will uns bei Seite schieben –

Spitz. So scheint es –

Blase. Uns, die wir uns für nothwendig hielten – für unentbehrlich!

Spitz. Das sind wir auch Alle – eigentlich Keiner.

Blase. Aber das Princip! Das System!

Spitz. Wird sich wieder geltend machen.

Blase. Meinen Sie?

Spitz. Lassen Sie mir nur freie Hand, Herr Blase.– gehen Sie auf Ihr Zimmer – warten Sie's ab –

Blase. Abwarten – Sie haben Recht. Abwarten! – Was für ein Zauber in dem Worte liegt! – Abwarten! – Ich gehe. Rufen Sie mich, Herr Spitz, wenn ich wieder nothwendig geworden bin. Vor der Hand wollen wir's abwarten.– abwarten. *(Ab in sein Zimmer.)*

Neunte Scene.

Spitz (allein). Dann Auguste.

Spitz*(allein)*. Und wir wollen das Eisen schmieden, weil es warm ist. *(Klopft an die Seitenthüre im Hintergrunde.)*

Auguste*(tritt heraus)*. Sie sind's, Herr Spitz?

Spitz. Ja, mein Fräulein! – Nun, was sagen Sie? Unser Werk gedeiht. Der junge Mann hat sich emancipirt.

Auguste. Es sieht so aus –

Spitz. Es ist so. Der Schmetterling ist fertig.

Auguste. Darum ist er auch weggeflogen –

Spitz. Allerdings. Zum Präsidenten – in's Bureau.

Auguste. Ein Bureau-Schmetterling also! Ist das »des Pudels Kern?«

Spitz. Nicht doch, ich vermuthe, daß er seine Anstellung *aufgeben* will.

Auguste*(rasch)*. Aufgeben?

Spitz*(faßt sie ins Auge)*. Vielleicht um – gewissen Wünschen zu begegnen –

Auguste. Wer sagt Ihnen –?

Spitz. Mein psychologischer Blick.

Auguste. Das heißt wohl gar –?

Spitz. Daß er in Sie verliebt ist? Allerdings.

Auguste. Verliebt? Und er geht mir aus dem Wege, er sieht mich nicht an –

Spitz. Das macht, er hat seinen Kopf –

Auguste. Das ist richtig!

Spitz. Den muß man ihm zurechtsetzen –

Auguste. Schaden könnt's nicht.

Spitz. Eine Frau vermag das am allerbesten.

Auguste*(natürlich)*. Sagen Sie: ganz allein.

Spitz. Eben d'rum! Es gibt geborne Ehemänner – Hermann gehört darunter – Männer, die es durchaus nöthig haben, unter die sanfte Herrschaft einer Frau zu gerathen – einer klugen, verständigen Frau. Der junge Mensch ist jetzt frei – allein er weiß seine Freiheit nicht zu handhaben; er wird über die Schnur hauen, dumme Streiche machen – darum nehmen Sie sich seiner an, Fräulein, leiten, lenken Sie, bändigen Sie ihn – noch ist es Zeit. *(Nach der Mittelthüre lauschend.)* Horch!.– Es ist richtig! Die bösen Geister sind schon los – zum Glück besitzen Sie die Zauberformel. Noch einmal, Fräulein, bändigen Sie ihn, eh' es zu spät wird. Wenn Sie Succurs brauchen, ich bin hier in der Nähe. *(Links ab.)*

Zehnte Scene.

Auguste (allein). Dann Hermann.

Auguste*(allein)*. Ich soll ihn bändigen? Wird's denn nöthig sein? Aber Herr Spitz hat Recht . . . der junge Mensch hat seinen Kopf.

Hermann*(rasch die Mittelthüre öffnend, spricht zurück)*. Habt Ihr gehört? Den Wagen – in einer Stunde – hier vor's Thor. *(Eintretend.)* Fräulein Auguste!

Auguste. Herr Assessor –

Hermann. Nichts mehr mit Assessor, Fräulein! Ich habe meine Stelle zurückgelegt.

Auguste. Also wirklich?

Hermann. Ihr Wunsch ist erfüllt: ich bin kein kleiner Beamter mehr – gar kein Beamter.

Auguste. Das läßt sich hören –

Hermann. Ich werde mich auf meine Güter begeben – heute noch.

Auguste. Heute noch?

Hermann. Später auf Reisen gehen. –

Auguste. Auf Reisen?

Hermann. Ja, ich will fort – fort von hier – gleichviel wohin! In die weite Welt.

Auguste. Dieser plötzliche Entschluß –

Hermann. Steht fest – unwandelbar fest. *(Sich steigernd.)* Man soll sehen, daß ich einen Willen habe. Ich werde überhaupt in Zukunft selbstständig auftreten, selbstständig, durchaus selbstständig. *(Geht auf und ab.)*

Auguste*(betroffen).* Selbstständig?

Hermann*(nähert sich ihr).* Zweifeln Sie daran, mein Fräulein?

Auguste*(retirirend).* Nicht im Geringsten –

Hermann. Niemand soll mich hindern, ein Mann zu sein – ein Mann!

Auguste. Das will ja auch Niemand – aber seien Sie nur mäßig.

Hermann. Mäßig? Nichts da! Ich war lange genug zahm, aber es kommt nichts heraus dabei. Sanfte und geduldige Menschen werden verlacht, verspottet, verhöhnt – nun will ich wild werden, wild – nicht gegen Sie, mein Fräulein! Nicht gegen Sie! Ihnen dank' ich ja meine Selbstständigkeit, meine Energie! Sie haben meinen schlummernden Geist geweckt – zwar durch Lachen, durch Spotten – doch gleichviel! Ich bin jetzt ein Mann – ein Mann – das ist genug. Ich will mich auch in Zukunft nur mit Männern umgeben, ich will arbeiten, wirken, thätig sein, will mich in's Leben stürzen, in die Welt – in eine lebendige, schaffende, in eine thätige, neu gestaltende Welt – – Wär' nur gleich etwas da, das ich neu gestalten könnte! *(Er stößt einen Stuhl hart auf den Boden.)*

Spitz*(steckt den Kopf bei der Seitenthüre herein).*

Auguste. Mein Gott! Sie sind ja entsetzlich!

Hermann. Nicht gegen Sie, mein Fräulein, nicht gegen Sie! Aber die Andern! Die Andern sollen mich kennen lernen.

Auguste. Die Andern?

Hermann. Ihr Onkel – Herr Spitz – *(Spitz verschwindet wieder.)* Herr Dings da – Alle, Alle!

Auguste. Alle?

Hermann. Sie haben nichts zu besorgen – Sie nicht. Sie sind von diesem Augenblicke an frei, Auguste.

Auguste. Frei?

Hermann. Frei, ganz frei.

Auguste. Frei? – Wie verstehen Sie das?

Hermann. Sie sollen Ihren Willen haben – wie ich. Man soll Sie zu nichts zwingen.

Auguste. Mau zwingt mich ja nicht –

Hermann. Doch, doch! Das weiß ich besser. Man will Sie zwingen – aber ich duld' es nicht. Ich werde Sie schützen.

Auguste. Schützen? Gegen wen denn?

Hermann. Gegen – – gleichviel! Gegen die ganze Welt. Ich weiß, was ich zu thun habe. Sie sollen sehen, daß ich Ihr Freund bin, Auguste, Ihr wahrer Freund. Ich war es eigentlich immer.

Auguste. Sie waren es immer?

Hermann. Allerdings. Warum sollen Sie es nicht erfahren? – Sie spotteten des unbeholfenen jungen Menschen, in dessen Inneren sich vielleicht ein reicheres Geistesleben regte als er äußerlich zu zeigen vermochte – Sie stießen ihn zurück – wissen Sie denn, daß er sich schon damals zu Ihnen gezogen fühlte – vor einem Jahre – im ersten Augenblick, als er Sie sah –

Auguste. Schon damals –

Hermann. Ich verbarg mein Gefühl – aus Stolz – aus Angst, lächerlich zu erscheinen – ich lernte Sie näher kennen, und – – doch genug! Sie sind jetzt frei, Auguste, ganz frei.

Auguste *(für sich)*. Mit seiner Freiheit!

Hermann. Ich will nicht weiter an mich denken – nur an Sie. Ist Ihre Mutter zu Hause?

Auguste. Meine Mutter?

Hermann. Oder Ihr Onkel?

Auguste. Mein Onkel? Was haben Sie denn vor?

Hermann. Ihnen zu beweisen, daß ich jetzt selbstständig, daß ich ein Mann bin. Und auch die Andern sollen es erfahren – auch die Andern! *(Stößt einen Stuhl auf den Boden, wie oben.)*

Auguste. Er ist ganz außer sich! Und das soll Liebe sein –

Elfte Scene.

Vorige. Spitz. Dann Blase. Später Schmerl und Amalie.

Spitz. Fräulein! Brauchen Sie Succurs?

Auguste. Bester Herr Spitz, er wächst mir über den Kopf!

Spitz. Wie, Herr Baron–?

Hermann. Herr Spitz! Gerade recht! *(Geht auf ihn los.)* Sie such' ich, Ihnen will ich sagen –

Spitz*(zieht sich zurück)*. Sagen?

Auguste. Nur mäßig, lieber Hermann, nur mäßig!

Blase*(auftretend)*. Was für ein Lärmen? – Bester Herr Assessor –

Hermann. Herr Blase! Gerade recht! *(Wie oben)*. Sie wollt' ich finden, Ihnen wollt' ich erklären –

Blase*(zieht sich gleichfalls zurück)*. Erklären?

Auguste. Nur mäßig! Er ist ganz ausgewechselt –

Schmerl*(läuft herein, nimmt Augusten beim Kopf)*. Mein Töchterchen – Ihr Papa!

Hermann*(schlägt ihn auf die Achsel)*. Was soll das, Herr Schmerl?

Schmerl*(wendet sich um)*. Der Brutus! – Was es soll? *(Amalien entgegen, die eben eintritt.)* Sie ist mein – nach zwanzig Jahren – durch Beharrlichkeit, durch Ausdauer – durch Opposition. Es lebe die Opposition! *(Küßt ihr die Hand.)*

Blase*(näher tretend)*. Ihr seid also ein Paar geworden? Gratulire. Was meinst Du, liebe Nichte? Du solltest das Beispiel nachahmen –

Schmerl. Ja, ja, nehmen Sie den Brutus. Machen Sie's kurz, Gustchen – wie die Mama. *(Küßt Amalien die Hand.)*

Amalie*(abwehrend)*. Herr Schmerl!

Blase*(ergreift Augusten's Hand, nähert sich Hermann)*. Liebe Nichte – bester Herr Assessor –

Hermann. Halt, Herr Blase! Es scheint, Sie wollen mir die Hand Ihrer Nichte geben?

Blase. Freilich, freilich! Die Hand meiner Nichte – meiner Tochter – meiner lieben Adoptiv-Tochter, Auguste Blase-Blase. *(Will Hermann's Hand ergreifen.)*

Hermann. Verzeihen Sie, Herr Blase! Diese Heirat wird nicht zu Stande kommen.

Blase. Nicht? Warum denn nicht?

Hermann. Weil ich auf die Hand des Fräuleins verzichte.

Blase. Wie? Schmerl. Was?

Auguste*(halblaut zu Amalien).* Mama, er schlägt mich geradezu aus.

Amalie*(eben so).* Da hast Du's nun!

Blase. Herr Spitz! Er will nicht heiraten. Es ist klar: er hat den Verstand verloren!

Schmerl. Das ist noch kein Beweis.

Amalie*(strenge).* Herr Schmerl!

Blase. Nicht heiraten! Aber er wird sich besinnen – wird zu sich kommen – bester junger Mann –

Hermann. Genug, Herr Blase. Mein Entschluß steht fest.

Blase. Steht fest! Herr Spitz, was sagen Sie dazu?

Spitz. Daß sich der Herr Baron wie ein Mann benommen hat.

Blase. Wie ein Mann?

Spitz. Er will das Herz eines Mädchens nicht zwingen.

Hermann. So ist es!

Spitz. Er opfert lieber seine eigene Neigung –

Hermann. Herr Spitz –

Blase. Seine Neigung?

Spitz. Ganz gewiß! Denn ich bin überzeugt –

Hermann. Schweigen Sie, Herr Spitz!

Schmerl. Ja, schweigen Sie!

Spitz. Vollkommen überzeugt, daß Sie das Fräulein lieben, Herr Baron.

Hermann. Lieben! Wer sagt Ihnen –?

Spitz*(mit einem Seitenblick auf Auguste)*. Mein psychologischer Blick –

Hermann. Lieben! Lieben! Was verstehen Sie von Liebe? Wie können Sie sich unterfangen von Liebe zu sprechen? Von diesem mächtigen, unergründlichen, unerklärbaren Gefühl, das wie ein Blitz in unser Herz, in unsere Seele schlägt, uns über uns selbst hinaushebt, einen neuen Menschen aus uns macht, einen Menschen voll Kraft, voll Glück, voll Freude, voll Entzücken, voll Seligkeit – und voll Kummer, voll Schmerz, voll Desperation, voll Erbitterung, voll Zorn, voll Wuth – – wahrhaftig, ich könnte Sie erwürgen, daß Sie von Liebe zu sprechen wagen!

Auguste*(ergreift ihn unwillkürlich beim Arm)*. Hermann – – ich fange an mich vor ihm zu fürchten!

Spitz. Lassen Sie nur, Fräulein! Das ist die Krisis.

Hermann*(auffahrend)*. Die Krisis? Welche Krisis?

Auguste*(wie oben)*. Nur mäßig, lieber Hermann! Sie sind so heftig –

Hermann*(wendet sich zu ihr)*. Nicht gegen Sie, Auguste, nicht gegen Sie!

Auguste. Wirklich nicht?

Hermann*(heftig)*. Zweifeln Sie daran?

Auguste*(ängstlich)*. Nein, lieber Hermann – gewiß nicht.

Hermann. Nicht? *(Ergreift ihre Hand und drückt sie an sein Herz.)* Ach, Auguste!

Spitz*(zu Beiden)*. Versteh' ich nun nichts von Liebe?

Hermann*(wieder heftig)*. Nichts verstehen Sie. *(Läßt Augustens Hand los.)* Sie sind frei, mein Fräulein – ganz frei.

Auguste. Frei! Schon wieder frei!

Spitz. Wenn sie aber nicht frei sein will!

Hermann. Nicht will?

Blase *(tritt dazu)*. Freilich will sie nicht –

Schmerl. Keine will's – 's ist wie bei der Mama.

Hermann. Nicht will! Wie, Auguste? Sprechen Sie –

Amalie. Praktisch, mein Kind! Nur praktisch!

Schmerl. Wie die Mama –

Hermann. Sprechen Sie, Auguste! Nur ein Wort –

Auguste *(mit niedergeschlagenen Augen)*. Was soll ich sagen? Sie wollen ja in die weite Welt ziehen –

Hermann. Sie stoßen mich hinaus?

Auguste. Wer sagt Ihnen das? Sie sollen reisen, aber Sie sollen wiederkommen – nach einem Jahr – als Mann, als neuer Mensch –

Hermann *(mit Augusten beschäftigt)*. Ich will es werden – ich bin es schon!

Schmerl. Verstanden!

Blase. Herr Spitz! Ist's denn wirklich? Wir sind wieder nothwendig?

Spitz *(händereibend)*. Der Status quo ist hergestellt –

Blase. Es bleibt beim Alten – Blase – Blase –

Schmerl. Nein, es geht vorwärts! Das hat man uns zu danken – der Dings da – der Opposition!

Anmerkung zu »Großjährig«.

Wie es zuging, daß ein Lustspiel, welches sich im Jahre 1846 offenbar über das in Oesterreich herrschende »System« und dessen Repräsentanten lustig machte, demungeachtet auf die politischkeuschen Bretter des Hofburgtheaters zu gelangen im Stande war, wird gelegentlich in den »Memoiren« erzählt werden. –

Über tredition

Eigenes Buch veröffentlichen

tredition wurde 2006 in Hamburg gegründet und hat seither mehrere tausend Buchtitel veröffentlicht. Autoren veröffentlichen in wenigen leichten Schritten gedruckte Bücher, e-Books und audio-Books. tredition hat das Ziel, die beste und fairste Veröffentlichungsmöglichkeit für Autoren zu bieten.

tredition wurde mit der Erkenntnis gegründet, dass nur etwa jedes 200. bei Verlagen eingereichte Manuskript veröffentlicht wird. Dabei hat jedes Buch seinen Markt, also seine Leser. tredition sorgt dafür, dass für jedes Buch die Leserschaft auch erreicht wird.

Im einzigartigen Literatur-Netzwerk von tredition bieten zahlreiche Literatur-Partner (das sind Lektoren, Übersetzer, Hörbuchsprecher und Illustratoren) ihre Dienstleistung an, um Manuskripte zu verbessern oder die Vielfalt zu erhöhen. Autoren vereinbaren direkt mit den Literatur-Partnern die Konditionen ihrer Zusammenarbeit und partizipieren gemeinsam am Erfolg des Buches.

Das gesamte Verlagsprogramm von tredition ist bei allen stationären Buchhandlungen und Online-Buchhändlern wie z. B. Amazon erhältlich. e-Books stehen bei den führenden Online-Portalen (z. B. iBookstore von Apple oder Kindle von Amazon) zum Verkauf.

Einfach leicht ein Buch veröffentlichen: **www.tredition.de**

Eigene Buchreihe oder eigenen Verlag gründen

Seit 2009 bietet tredition sein Verlagskonzept auch als sogenanntes "White-Label" an. Das bedeutet, dass andere Unternehmen, Institutionen und Personen risikofrei und unkompliziert selbst zum Herausgeber von Büchern und Buchreihen unter eigener Marke werden können. tredition übernimmt dabei das komplette Herstellungs- und Distributionsrisiko.

Zahlreiche Zeitschriften-, Zeitungs- und Buchverlage, Universitäten, Forschungseinrichtungen u.v.m. nutzen diese Dienstleistung von tredition, um unter eigener Marke ohne Risiko Bücher zu verlegen.

Alle Informationen im Internet: **www.tredition.de/fuer-verlage**

tredition wurde mit mehreren Innovationspreisen ausgezeichnet, u. a. mit dem Webfuture Award und dem Innovationspreis der Buch Digitale.

tredition ist Mitglied im Börsenverein des Deutschen Buchhandels.

Dieses Werk elektronisch lesen

Dieses Werk ist Teil der Gutenberg-DE Edition DVD. Diese enthält das komplette Archiv des Projekt Gutenberg-DE. Die DVD ist im Internet erhältlich auf **http://gutenbergshop.abc.de**

FSC
www.fsc.org

MIX

Papier | Fördert
gute Waldnutzung

FSC® C083411

Zeitfracht Medien GmbH
Ferdinand-Jühlke-Straße 7
99095 Erfurt, Deutschland
produktsicherheit@kolibri360.de